듀얼

전건우
장편소설

듀얼

래빗홀
RABBIT HOLE

차례

사
망

1

미친 듯이 휘몰아치는 폭풍우는 신입 판사처럼 공명정대하기 그지없었다. 경찰인 내게도, 연쇄살인마인 리퍼에게도 똑같이 비바람을 선사하고 있었으니까.

나는 M60 리볼버를 겨눈 채 리퍼를 노려봤다. 사선으로 내리긋는 빗줄기 탓에 시야가 흐렸지만 붉은색 넥타이를 맨 리퍼만은 똑똑히 보였다. 놈의 넥타이는 뒤편에 우뚝 선 등대와 색깔을 맞추기라도 한 것 같았다. 우리는 10여 미터 정도 떨어진 채 대치 중이었다. 눈을 감고 방아쇠를 당긴다고 해도 리퍼의 가슴에 넥타이와 같은, 붉은색 장식품을 만들어줄 수 있는 거리였다. 그리고 나는 사격에 꽤 자신이 있었다.

"무릎 꿇고 손을 머리 뒤에 대!"

광포한 바람을 뚫으려면 한껏 소리를 칠 수밖에 없었다. 사방이 번쩍하고 밝아진다 싶더니 천둥이 클라이맥스를 책임지는 드러머처럼 하늘을 때리고 지나갔다. 지독한 폭풍우였다. 바람에 떠밀린 파도는 방파제를 훌쩍 뛰어넘었다. 우산은 사치였고 썼다 한들 파도 때문에 바지가 젖는 건 피하지 못했으리라.

리퍼는 흔들림이 없었다. 막다른 길에 몰린 신세에 흠뻑 젖은 쥐새끼 같은 꼴을 하고 있었지만 이를 드러내지도, 그렇다고 빌지도 않았다. 그저 웃으며 서 있을 뿐이었다. 나는 그 모습이 너무나 거슬렸고, 그래서 다시 소리쳤다.

"다 끝났어! 빨리 투항해."

"인간이 죽기 전에 제일 많이 하는 말이 뭔지 아나?"

리퍼가 물었다. 무심한 말투였다. 마치 오늘 점심으로 뭘 먹었는지 아느냐고 물어보는 것 같았다. 리퍼에게 유리한 점은 하나도 없었다. 놈은 깡마른 남자였다.

셔츠에 넥타이 차림이라 은행원 같아 보이기도 했다. 물론, 리퍼의 실제 직업은 엔지니어였지만 총을 맞고 무사할 수 없다는 사실은 똑같았다. 그럼에도 놈은 여유가 넘쳤다. 그 점이 신경 쓰였다. 어쨌든 놈은 살인의 천재라 불리는 희대의 연쇄살인마니까. 아무렴, 은행원보다는 더 많은 꿍꿍이를 품고 있을 게 틀림없었다.

리볼버의 안전장치를 풀었다. 여차하면 쏠 생각이었다. 다리 하나 정도는 괜찮을 것이다. 절뚝거린다 해도 법정에 서는 데는 아무런 문제도 없을 테니까.

리퍼는 웃었다. 친근하고 부드러워 보이는 미소였다. 누구든 저 미소에는 경계심을 풀 수밖에 없었을 것이다.

"살려달라고 애원할 거라 생각했다면 착각이야. 내가 죽인 사람들은 하나도 빠짐없이 이렇게 말했어. 빨리 죽여달라고. 제발 빨리 편하게 해달라고."

웃는 표정 그대로, 리퍼는 말했다. 바람 소리가 귀를 때려댔지만 리퍼의 말은 이상할 정도로 잘 들렸다. 문득 누군가의 말이 떠올랐다. 악마는 절대 큰 소리로 떠들지 않는다고, 아주 다정하게 귓가에 속삭인다고.

악마.

리퍼를 설명하는 데 그것만큼 적확한 단어는 없었다. 내 빈약한 머릿속 사전에도 악마에 대한 설명은 곧 리퍼였다. 아마 다들 똑같으리라. 리퍼가 저지른 스물한 건의 살인 중 하나라도 목격했거나 조사한 사람이 있다면 악마에 대해 같은 정의를 내릴 것이다.

리퍼가 곧 악마이고, 악마가 곧 리퍼라고.

지난 2년간 서울과 인천, 그리고 경기도에서 연달아 살인 사건이 발생했다. 남성과 여성을 가리지 않았고 연령대도 다양했다. 20대 여성부터 70대 노인까지……

피해자들 간의 연결점은 전혀 없었다. 사는 곳도 달랐고 직업이나 취미 등도 제각각이었다. 물론 살해당할 만한 이유도 없었다. 살해 방법도 판이했다. 유일하고도 끔찍한 공통점은 피해자들 모두 엄청난 고통에 시달리며 천천히 죽어갔다는 사실이었다. 누군가는 서서히 산소가 줄어드는 투명한 관에 갇혀 두 시간에 걸

처 죽었고, 또 다른 누군가는 온몸이 묶인 채 게 수백 마리의 먹잇감이 됐다.

그게 단서였다.

평범한 사고로는 도저히 생각해낼 수 없는 가학적이고 폭력적인 살해 방식. 오로지 극한의 고통과 공포를 선사하는 데에만 초점을 맞춘 그 행각이야말로 일련의 사건들이 연쇄살인임을 증명해주었다.

범인은 30대에서 40대 사이의 혼자 사는 남성이며 고학력자, 그중에서도 이과 계열을 전공했거나 관련 직종에서 일하고 있다. 피해자들의 체구가 대부분 작은 것으로 봤을 때 범인 역시 육체적으로 강인한 타입은 아니다. 단, 뚱뚱하기보다는 마른 체형에 가깝다. 겉으로는 얌전하고 섬세하며 세심해 보이나 그를 잘 아는 사람들은 의외로 고집이 세다고 증언할 것이다. 전과는 없다. 사소한 범칙금조차 내지 않았을 확률이 높다. 사이코패스 성향과 소시오패스 성향을 동시에 지니고 있다. 경제적으로 풍족하다. 단독주택에 살거나 교외에 자신 소유의 별장, 혹은 건물이 있다.

이상이 나를 포함한 다섯 명의 프로파일러, 그리고 세 명의 범죄심리학자가 공통적으로 추려낸 범인의 특징이었다.

그때는 이미 열다섯 명의 희생자가 나온 뒤였다. 열다섯 개의 표본은, 누군가를 특정하기에는 너무 적고 누군가를 증오하기에는 차고 넘치는 수였다.

경찰을 가장 당황하게 만들었던 건 정교하고 치밀한 살해 방법도 아니었고 그걸 가능하게 해주는 기계장치도 아니었다. 범인은 열다섯 건 중 그 어떤 현장에도 자신의 시그니처를 남기지 않았다. 과시형 범죄자가 분명한데도 시그니처가 없다는 건 매우 희귀한 경우라고, 베테랑 프로파일러는 탄식하듯 말했다.

나는 그 의견에 반대했다.

"놈은 분명 뭔가를 남겼을 겁니다. 우리가 찾지 못하는 것뿐이죠. 그 흔적 찾는 걸 절대 포기하면 안 됩니다."

"악마가 과연 흔적을 남겼을까요?"

범죄심리학자가 내게 물었다. 그와는 오래 알고 지낸 사이지만 그토록 어둡고 절망적인 표정은 처음 봤다.

"악마가 아니길 빌어야죠. 그래야 체포할 수 있으니까."

내 말에 아무도 반응하지 않았다. 어쩌면 우린 이미 그때 패배했는지도 모른다. 놈의 사악함에 압도당해.

범인이 방송을 통해 자신의 입장을 밝힌 것은 열여섯 번째 사건이 터진 후였다.

"나는 리퍼(reaper), 추수하는 자야. 이 세상의 가라지를 모조리 베기 위해 이 숭고한 작업을 시작했지."

놈은 생방송으로 진행되던 토론 프로그램에 직접 전화를 걸어 그렇게 말했다. 그러고는 정류장과 정류장 사이에 그날의 날씨나 옷차림을 살펴주는 출근길의 지하철 기관사처럼 다정하게 덧붙였다.

"그 누구도 날 잡지 못할 거야. 그리고 난 이 성스러운 일을 멈추지 않을 거고. 내가 언제, 어느 때, 당신의 집을 찾아가 초인종을 누를지 몰라. 그러니 준비해."

그러니 준비해.

리퍼가 남긴 한마디는 전 국민을 공포에 몰아넣었다.

나는 그 토론 프로그램 생방송 현장에서 리퍼의 목소리를 직접 들었다. 패널로 참석 중이었기 때문에. 내가 그 자리에 앉아 범인의 성격이 어떤지, 목적과 동기가 무엇인지 같은 쓸데없는 이야기를 늘어놓는 사이 진짜가 연락을 해온 것이다. 리퍼라 자칭하는 남자의 목소리를 듣는 순간, 나는 놈이 살인마라 확신했다. 그건 같잖은 프로파일링도 아니고 추리도 아니었다. 예감이었다. 온몸의 모든 신경세포가 외쳐댔다.

저놈이 바로 범인이라고.

2

밤하늘을 찢을 듯 번개가 치더니 뒤이어 천둥이 온 세상을 두드리며 지나갔다. 비바람은 더욱 거세졌다. 얼굴을 때리는 빗줄기가 아프게 느껴질 정도였다. 인천 연안부두 앞바다에 폭풍우가 몰아치기 시작한 건 세 시간 전이었고, 지금은 절정을 향해 치닫는 중이었다. 휘몰아치는 바람을 맞으며 버티고 선 붉은색 등대는 악마의 최후를 지켜보고 있었다. 리퍼가 도망칠 구멍은 없었다. 뒤로는 등대가, 양옆으로는 방파제가 놈을 에워쌌다. 막다른 길이었다. 리퍼에게 남은 선택지는 두 개였다. 아니, 세 개. 순순히 체포되거나 총에 맞거나 바다로 뛰어들거나. 어느 것 하나 리퍼가 좋아할 만한 선택지는 아니었지만 놈은 긴장한 표정도, 겁먹은 표정도 아니었다.

나는 총을 겨눈 채 리퍼를 향해 천천히 다가갔다. 솔직한 마음으로는 뻔뻔하게 고개를 쳐든 저 얼굴에 총알을 박아 넣고 싶었다. 몇 번이나 그런 상상을 했다. 놈을 잡으려고 미친 듯이 몰두하던 내내, 몇 날 며칠 집에도 들어가지 않으며 악마의 뒤를 쫓던 내내, 그리고 내 집착에 질린 동료들이 그만 좀 하라고 외치던 순간과 아내가 딸을 데리고 친정으로 도망치듯 가버린 순간에도 같은 장면을 떠올렸다. 탕! 방아쇠를 당기고, 놈의 얼굴 한가운데 구멍이 뚫리는 상상⋯⋯.

"지금 무슨 생각을 하는지 맞혀볼까? 당장 나를 죽이고 싶겠지. 안 그래?"

리퍼는 마치 잡아보라는 듯 양팔을 크게 벌리고 말

했다. 얼굴에는 여전히 빌어먹을 미소가 걸려 있었다. 저 미소를 지울 수만 있다면 난 기꺼이 괴물이 될 각오가 되어 있었다. 아내가 말하지 않았던가. 친정으로 떠나기 전, 한없이 슬픈 표정을 지으며.

"당신, 그 악마를 잡으려다가 괴물처럼 변하고 있잖아."

나는 리퍼의 질문에 대답하지 않았다. 도발에 넘어갈 생각은 없었다. 다만 리퍼의 행동 하나하나에 집중했다. 눈에 담았고, 머리에 새겼다. 저것이 리퍼의 본모습이었다. 악마는 숨지도 않고 겁을 먹지도 않는다. 악마는 고통을 받지도 않는다. 당연히, 죄책감을 느끼지도 않는다. 그렇다면……

……놈을 잡아서 법의 심판대에 세우는 의미가 있을까?

리퍼를 뒤쫓는 내내 내가 가졌던 의문이 거대한 파도가 되어 머릿속을 때려댔다. 실제 파도보다 훨씬 강력하고 생생했다. 파도는 의문의 포말을 남기며 사라졌다.

아니야. 지금은 놈을 체포하는 데에만 집중하자.

어금니를 깨물며, 밀려드는 의문을 애써 치워내며 그렇게 생각했다. 리퍼에게 당한 희생자들과 그 가족들을 위해서라도 놈을 법정에 세워야 한다. 그래야 진짜 악마가 아닌 한낱 인간이라는 사실을 만천하에 알릴 수 있으니까.

"조영재. 손 머리 뒤에 대고 무릎 꿇어!"

리퍼라 불렸던 놈, 스스로를 리퍼라 칭했던 놈의 본명은 조영재였다. 지극히 평범한 그 이름을 자꾸 부르면 악마의 껍데기가 벗겨질 것 같았다.

리퍼는 눈치를 보다가 서서히 무릎을 꿇었다. 그러면서도 떠드는 건 멈추지 않았다. 과연, 과시형 범죄자다웠다.

"날 찾았다는 것 자체는 인정해주지. 최승재 경위. 아니, 연예인 뺨치는 인기 프로파일러라고 해야 하나? 하지만 넌 결국 패배자가 될 수밖에 없어."

마음 같아서는 놈에게 퍼붓고 싶었다. 쏟아져 내리는 비처럼 마음속 분노를 마구 표출하고 싶었다. 너 같은 놈 따위 얼마나 잡기 쉬웠는지, 결국 내 앞에 무릎을 끓은 그 모양새가 진짜 볼만하다는 이야기를 비웃음을 가득 담아서 하고 싶었다. 참았다. 모든 인내심을 총동원해서 참고 또 참았다. 나는 허리춤에서 수갑을 꺼냈다.

그때였다.

재킷 안주머니 속 휴대전화가 요란하게 진동했다. 반장에게 지원 요청을 했기에 그 전화일지도 모른다는 생각을 했다. 얼른 휴대전화를 꺼냈다.

— 발신 번호 표시 제한

액정에는 그렇게만 떠 있었다. 무슨 전화지? 나는 왠지 불길한 느낌이 들어 휴대전화를 뚫어져라 내려다봤다. 액정 위로 비가 후드득 떨어져 내렸고, 그 때문인지 '발신 번호 표시 제한'이라는 그 단어가 이상할 정도로 빛나 보였다.

"받아."

리퍼가 말했다.

"뭐?"

나는 리퍼를 노려봤다. 놈은 한층 더 밝게 웃고 있었다. 선물을 준비한 아이 같은 표정이었다. 기대감과 즐거움에 가득 찬 표정.

"그 전화, 받으라고."

"무슨 수작이야?"

나는 소리쳤다. 전화는, 받기 전까지는 절대 포기하지 않겠다는 듯 계속 걸려왔다.

"지금 받지 않으면 후회할걸?"

리퍼가 말했다. 나는 리퍼와 휴대전화를 번갈아 보다가 마침내 결심했다. 지금 받지 않으면 후회할 거란 놈의 말이 귓가에 계속 울렸다. 이 전화가 악마의 마지막 술수라 해도 난 동요하지 않을 자신이 있었다. 그랬기에 전화를 받았다.

"여보세요? 최승재입니다. 여보세요?"

"……죽여주세요."

가느다란 목소리가 말했다.

"네?"

"빨리 죽여주세요. 제발, 제발."

"누구……."

순간, 깨달았다. 아는 목소리였다. 아는 정도가 아니었다. 절대 잊을 수 없는 목소리, 잊어서도 안 되는 목소리였다.

"딸은 살려주세요. 저는 죽어도 되니 딸만은……."

"여보!"

거의 비명처럼, 그런 소리가 터져 나왔다. 속에서 뜨거운 뭔가가 훅 올라왔다. 눈앞에 섬광이 번쩍였다. 빛의 파편이 안구를 뚫고 머릿속으로 파고들어 날카롭게 찔러댔다.

"너무 아파요. 너무 아파요. 그러니 제발 죽여주세요. 빨리. 빨리."

"여보 어디야? 무슨 일이야?"

힘껏 소리를 질렀지만 아내는 듣지 못하는 듯했다. 무슨 상황인지 알 수가 없었다. 알 수 없었지만, 아내와 지혜를 둘러싼 지옥도가 눈앞에 훤히 그려지는 듯했다. 심장이 터질 듯 뛰었다. 저 혼자 전력 질주를 하고 있었다. 피가, 뜨겁게 달아올랐다가 차갑게 식기를 반복했다. 단 몇 초 사이에.

"어때? 이래도 네가 이겼다고 생각하나?"

리퍼가 물었다. 여전히 무릎을 꿇은 채로.

"어떻게 한 거야? 무슨 짓을 한 거냐고?"

리퍼를 향해 소리쳤다. 온몸이 떨렸다. 동시에 놈을 향해 겨눈 총구 역시 덜덜 떨렸다.

번쩍!

쾅!

다시 번개와 천둥이 떨어졌다. 아까보다 훨씬 가까운 위치였다. 번개가 번쩍이던 순간, 나는 리퍼의 시커먼 눈동자에서 한 가지 감정을 읽어냈다.

만족감.

"네 아내와 딸은 정확히 20분 후에 죽을 거야. 지금껏 조금씩 떨어지던 염산이 한꺼번에 쏟아져 내릴 예정이거든. 시신을 찾기야 하겠지만 형체 없는 살덩어리일 뿐이겠지. 그래도 내가 마지막으로 주는 선물이라고 생각해. 이 몸을 끝까지 쫓아온 네 근성을 칭찬한다는 뜻이야."

"닥쳐! 닥치고 빨리 취소해. 넌 할 수 있잖아. 여기서
도 할 수 있잖아. 그러니 기계장치 멈춰!"

내 말에 리퍼는 도저히 이해할 수 없다는 듯 되물
었다.

"내가 왜?"

"뭐?"

"이렇게 즐거운데 내가 왜 그래야 하지?"

"으아아!"

나는 곧장 달려가 리퍼의 이마에 총구를 갖다 댔다.
방아쇠를 당기고 싶었다. 놈의 뇌에 커다란 구멍을 뚫
고 그 안에서 흘러나오는 핏물에 잠겨 죽어가는 걸 보
고 싶었다. 아니다. 양쪽 무릎을 먼저 쏜 다음 차례로
각 부위마다 총알을 박아 넣으며 이 악마가 고통에 못
이겨 애원하는 모습을…….

"죽여봐!"

리퍼가 소리쳤다. 순간 내 머릿속 어딘가에서 인내
의 끈이 뚝, 하고 끊어졌다. 그제야 눈앞이 밝아졌다.

밤바다를 밝히는 등대 불빛처럼 모든 게 분명하고 확실하게 변했다.

"그러게 감히 악마를 건드리면 안 되지. 안 그래?"

그 말을 듣자마자 총으로 리퍼의 머리를 내리쳤다. 묵직한 충격이 손바닥을 타고 전해졌다. 놈은 신음을 흘리며 모로 쓰러졌지만 이 정도로는 부족했다. 악마는 살려두면 안 되는 존재였다. 내가 착각했다. 놈은 악마의 탈을 쓴 인간이 아니었다. 인간의 가죽을 덮어쓴 악마였다.

"죽어."

나는 리퍼 위에 올라타 목을 졸랐다. 죽일 생각이었다. 퇴치할 생각이었다. 내 손으로 놈의 숨통을 끊어야 모든 게 끝난다.

번쩍!

쾅!

번개가 치고 천둥이 울부짖었지만 그것이 진짜인지, 아니면 머릿속에서 휘몰아치는 감정인지 분간할 수 없었다.

"흐흐."

리퍼는 죽어가는 순간에도 웃었다. 나는 온 힘을 실어 놈의 목을 내리눌렀다. 투둑, 투둑. 터질 듯 불거진 힘줄이 손안 가득 느껴졌다. 악마는 마지막 숨을 몰아쉬고 있었다. 조금만 더 조른다면…… 조금만 더…….

"컥!"

리퍼가 숨넘어가는 소리를 냈다. 놈의 눈동자에 내 얼굴이 비쳐 보였다. 거기에 괴물이 있었다. 비에 흠뻑 젖고 분노에 한껏 물든 한 마리 괴물이 뺨을 씰룩이며 웃고 있었다.

그때였다.

번쩍!

사방이 밝아졌다. 동시에 말로는 표현할 수 없는 끔찍한 고통이 내 몸을 관통했다. 찰나의 순간, 번개를 맞았다는 사실을 알아챘다. 그리고 리퍼도. 그다음은 머릿속이 하얗게 변해 아무 생각도 할 수 없었다.

"으으으!"

나와 리퍼는 신음을 토해냈다. 뜨겁고, 차갑고, 날카

롭고, 묵직한 통증이 한 번에 날아들어 머리 꼭대기부터 발가락 끝까지 태워나갔다. 불과 2초 정도 되는 시간이었지만 내게는 영원처럼 느껴졌다. 번개는 나를 태웠고, 리퍼를 태웠다. 그리고 우리는……

……함께 죽음을 맞이했다.

환
생

1

번쩍. 밝은 빛이 몸을 감쌌다. 살이 타들고 근육 한 가닥, 한 가닥이 모조리 찢기는 것 같은 통증이 온몸을 훑고 지나갔다. 나는 고통에 못 이겨 비명을 질렀고, 다음 순간 눈을 떴다.

푸르스름한 빛이 하늘에서 비치고 있었다. 전체적으로는 어두웠고 그랬기에 다른 건 하나도 보이지 않았다. 다만 공기가 무척 서늘하다는 건 느낄 수 있었다. 아마 지옥일 것이다. 아름다운 새소리도, 빛나는 태양도, 향기 가득한 꽃밭도 없으니…….

나는 사후 세계를 믿었다. 악질 범죄자들이 죽어서

도 고통받길 원하는 마음으로. 물론, 내가 지옥에 떨어진 건 아쉬운 일이지만 그건 리퍼도 마찬가지일 테니 여한은 없었다. 이제 어떤 고통이 펼쳐질지 그게 걱정되고 두려울 따름이었다.

아내와 딸은 제발 천국에 갔기를…….

그런 생각을 하며 다시 눈을 감은 순간 뭔가가 이상하다는 사실을 깨달았다. 익숙한 소리가 들렸다. 웅, 하는 기계음이었다. 내 기억이 틀리지 않는다면 이건 대형 에어컨이 작동하는 소리였다.

눈을 떴다.

은은하게 빛나는 푸른색 조명 사이로 지옥과는 어울리지 않는, 이질적인 뭔가가 보였다. 나는 그게 시스템 에어컨이라는 걸 어렵지 않게 알아봤다.

뭐지?

그러고 보니 나는 누워 있었다. 등에도 차가운 감촉이 전해졌다. 그것만이 아니었다. 숨을 들이쉬고, 내쉰다. 그때마다 가슴 부위가 오르내렸다. 호흡. 그 단어를 떠올렸다. 호흡한다는 건 생명 활동 중이라는 뜻이었다. 중학교 과학 시간에도 배우는 내용이었다. 아니, 어린아이라도 아는 사실이다. 그렇다면……

천천히 일어났다. 내 몸을 덮고 있던 흰색 천이 스르르 떨어졌다. 나는 알몸이었다. 주위를 둘러봤다. 지옥이라기에는 너무 낯익은 풍경이 시야에 들어왔다. 높은 천장, 벽면에 자리한 여러 개의 은색 사각 문, 그리고 내가 누운 철제 침대까지. 선명한 소독약 냄새와 서늘한 기운 역시 익숙한 것이었다.

"저기……"

내 목소리가 휑뎅그렁한 공간 안에 메아리치듯 울려 퍼졌다. 내가 아는 한, 이런 공간은 세상에 하나뿐이었다.

영안실.

도대체 어떻게 된 영문인지 모르겠어서 상체만 일으킨 채로 몸 여기저기를 살펴봤다. 딱히 외상은 보이지 않았다. 설령 극적으로 목숨을 건졌다 해도 번개가 새긴 화상 자국은 있어야 했다. 나는 침대에서 내려섰다. 맨발이었고, 섬뜩할 정도로 찬 감촉 역시 생생하게 느껴졌다.

그 순간이었다. 문이 열리며 투실투실한 몸매의 남자가 안으로 들어온 것은. 알몸인 채 바닥에 선 나와 흰 가운을 입은 그 남자의 눈이 딱 마주쳤다. 남자는 멍하니 입을 벌렸다가, 팔을 마구 휘저었다가, 목에 뭐라도 걸린 듯 컥컥거렸다가, 눈을 휘둥그레 떴다가 끝내 풀썩 주저앉고 말았다. 그러고는 모로 픽 쓰러졌다.

"괜찮습니까?"

내가 다가갔지만 남자는 정신을 잃은 채로 꿈틀꿈틀 경련만 일으킬 뿐이었다. 하긴, 영안실에서 벌거벗은 사람과 마주친다면 누구든 엄청나게 놀랄 것이다. 나는 남자의 동의를 구하지도 않고 가운을 벗겼다. 일단은 오해를 풀어야 했다. 내가 죽지 않은 건 분명한 사실이었고 그걸 설명하자면 누군가, 즉 나를 보고도 기절하지 않을 사람을 만나야 했다. 그리고 그러자면 걸칠 게 필요했다.

내게는 짧고 헐렁한 가운을 입은 뒤 대충 앞을 가린 채 영안실 밖으로 나갔다. 복도 의자에 제복 차림의 경찰관 두 명이 앉아 이야기를 나누고 있었다. 둘은 나를 발견하지 못하고 수다에만 열중했다.

"그래도 우린 운 좋은 거야. 본청은 오늘 난리 났을 걸. 며칠 동안 계속 비상일 텐데."

"그러게나 말입니다. 그 두 사람이 같이 죽을 줄은……."

나를 먼저 본 쪽은 경장이었다. 그 역시 경악한 표정을 지었다. 손에 들고 있던 종이컵이 덜덜 떨렸다. 순경 쪽도 그제야 고개를 돌렸고 동시에 비명을 지르며 벌떡 일어났다.

"으악!"

순경은 일어난 것만큼 빠르게 다시 주저앉았다. 아무래도 다리에 힘이 풀린 것 같았다. 그나마 경장은 조금 더 용기가 있었다. 그는 용케 쏟지 않고 종이컵을 내려놓은 다음 나를 향해 물었다.

"우, 우필호?"

우필호가 누구인지는 몰라도 대화를 나눌 상대가 있다는 사실에 감사하며 나는 한 발 앞으로 다가갔다.

그 순간 경장이 허리춤에서 경찰봉을 빼 들었다. 그러고는 소리쳤다.

"오지 마!"

"경장님. 귀, 귀신입니다!"

순경은 경장에게 거의 매달리다시피 하며 더듬거렸다. 나는 두 사람을 향해 말했다. 방금까지 차디찬 영안실에 누워 있던 시체, 아니 사람치고는 꽤 빠르게.

"착오나 오해가 있는 것 같습니다. 저는 사망하지 않았습니다. 그러니 빨리 연락해주세요. 리퍼, 리퍼는 어떻게 됐습니까? 그리고 제 가족은……."

"우필호. 넌 분명히 죽었는데?"

경장이 믿지 못하겠다는 표정으로 중얼거렸다.

"저를 모릅니까? 본청 수사과의 최승재 경위입니다. 프로파일러로……."

"빨리 지원 요청해!"

경장은 순경을 향해 그렇게 외친 뒤 내게로 다가왔다. 높이 치켜든 경찰봉 끝이 종이컵만큼이나 떨리고 있었다.

"잠깐만요. 일단 제 이야기를 더 들어보세요."

나는 두 손을 앞으로 내밀어 보인 후 천천히 뒷걸음질 쳤다. 지금 이 상황에서 두 사람을 자극할 필요는 없었다. 오해, 사소한 오해 한두 개만 풀면 될 일이었다. 내가 귀신이 아니라는 오해, 그리고 우필호라는 인물이 아니라는 오해.

그때였다. 무심코 고개를 돌려 옆을 바라봤다가 우뚝 멈춰 서고 말았다.

복도의 새하얀 기둥에 대형 거울이 걸려 있었다. 그 거울 속에 비친 가운 입은 남자는 낯선 얼굴을 하고 있었다. 짧게 자른 머리카락, 짙은 눈썹, 그 아래 자리 잡은 큰 눈, 그리고 각진 턱……

저 사람이 나라고?

나도 모르게 얼굴에 손을 가져다 댔다. 거울 속 남자도 똑같이 행동했다. 정신이 번쩍 드는 것과 동시에 쿵, 하고 심장이 내려앉았다. 그야말로 쿵 소리가 들렸다. 맥박이 빨라졌다. 숨이 턱 막혔다.

"우필호! 그 자리에서 움직이지 마."

경장이 소리쳤다. 잔뜩 긴장한 표정의 경장과 완전히 겁에 질린 순경을 번갈아 봤다. 그런 뒤 마지막으로 거울로 시선을 돌렸다. 거울 속 남자, 우필호와 눈이 마주쳤다. 어떻게 된 일인지는 알 수 없었지만 내가 뭘 해야 하는지는 알 것 같았다.

나는 돌아서서 복도 반대편으로 달리기 시작했다.

경찰관 두 명이 나보다 더 당황한 게 그나마 다행이었다. 그들이 우왕좌왕하는 사이 나는 모퉁이를 돌아 거리를 벌렸고 뒤쪽에서 다급한 외침이 들릴 때쯤에는 복도 맨 끝 방으로 숨어들 수 있었다. 다행히 그 방은 비어 있었다. 좁은 공간에 각종 청소 도구와 흰색 유니폼이 가득했다. 아무래도 미화원 휴게실인 모양이었다. 나는 가운을 벗어 던진 후 맨살 위에 유니폼을 입었다. 마침 문밖으로 복도를 달리는 다급한 발소리가 들렸다. 사물함에서 운동화와 모자도 찾아냈다. 둘 다 등산용이었지만 지금은 용도를 가릴 때가 아니었다. 운동화를 신고 모자까지 눌러썼다. 사물함 속 거울에는 여전히 익숙해지지 않는 얼굴이 비쳤다. 나는 서둘러 고개를 돌린 뒤 손에 잡히는 대로 걸레 하나를 챙겼다. 그러고는 밖으로 나갔다.

영안실은 보통 지하에 위치했다. 그것도 가장 깊숙한 곳에. 여기도 마찬가지로 지하 2층이었다. 엘리베이터를 탈까 하다가 비상계단을 이용해 1층 로비로 올라갔다. 경찰들은 보이지 않았다. 늦은 밤의 병원 로비는 텅 비어 있었다. 빈 의자들만이 어둠 속에 웅크린 채 침묵을 지키는 중이었다. 저 멀리 병원 출입구가 보였다. 나는 고개를 살짝 숙이고서 그곳을 향해 걸음을 서둘렀다.

"어이."

뒤에서 들린 소리에 움찔했다. 잠시 고민하다가 멈춰서 고개를 돌렸다. 경비원 복장을 한 나이 지긋해 보이는 남자가 손전등을 들고 서 있었다. 손전등 불빛은 내 다리부터 얼굴까지 휙 훑었다.

"이제 퇴근하는 거요? 시간이 이렇게 늦었는데?"

경비원이 물었다.

"아…… 휴게실에서 깜박 잠이 들어서요."

"어이구. 그 좁은 데서 용케 잠도 자는 모양이네. 나도 지금은 쉴 타이밍인데 경찰들이 뭔 말도 안 되는 소리를 해대는 탓에……."

"말도 안 되는 소리요?"

"영안실에 있던 시체가 돌아다닌다나 뭐라나, 근데 또 귀신은 아니라고 하고. 아니, 시체가 돌아다니는데 그게 귀신이 아니면 뭐야? 안 그래?"

"확실히 이상하네요. 고생 많으시겠습니다. 그럼 전……."

나는 고개를 숙여 보인 후 돌아섰다. 경비원이 다시 나를 불렀다.

"어이."

"네?"

나는 또 돌아봤다. 경찰들은 아마 나를 찾아 헤매고 있을 것이다. 지원도 요청했을 테고. 누구든 출입구에 도착하기 전에 내가 먼저 빠져나가야 했다.

"그 옷 말이야. 유니폼. 안 갈아입고 가나?"

경비원이 물었다. 다른 뜻은 없어 보였다. 그저 궁금

한 것 같았다.

"집에 가서 세탁하려고요."

"음. 자주 빠는 게 좋긴 한데 세탁은 병원에서 한꺼번에……."

그 말을 끝까지 듣지 않고 걸음을 옮겼다. 경비원이 뭐라고 구시렁댔지만 무시했다. 엘리베이터 쪽에서 다른 손전등 불빛이 날아들었다. 두 개였다. 나는 자판기 옆으로 딱 붙어 서서 걸었다. 그러고는 안내 데스크를 지나 회전문으로 된 출입구로 향했다. 내가 문을 밀며 나가는 순간, 반대편에서 다른 경찰관 두 명이 들어왔다. 간발의 차이였다.

비가 그친 뒤의 밤공기는 쌀쌀했다. 나는 병원을 한 번 돌아본 뒤 습하고 차갑고 어두운 밤거리로 힘껏 내달렸다.

2

힘 닿는 대로 달려 최대한 병원에서 멀어졌지만 거기까지였다. 갈 곳이 없었다. 흰색 유니폼은 너무 눈에 띄었으나 대안이 있는 것도 아니었다. 현금도, 카드도 없으니 대중교통을 이용하는 것도 불가능했다. 몇 시인지도 알 수 없었다. 거리에 사람이 거의 없는 것으로 봐서 자정이 넘었구나 짐작할 뿐이었다. 저 멀리서 순찰차 사이렌이 들렸다. 나는 골목 안으로 들어가 벽에 기대선 채 숨을 골랐다.

온몸에 힘이 쭉 빠졌다. 손으로 무릎을 짚고 간신히 버텼다.

"생각하자, 생각하자, 생각하자……."

계속 중얼거렸다. 그렇게 하지 않으면 아무런 생각도 못 할 것 같았다. 머릿속은 이미 뒤죽박죽이었다. 파편처럼 흩어진 증거 속에서 진실을 찾는 게 내 일이라고는 하지만 모든 게 얽히고설킨 지금은 제정신을 차리는 것조차 불가능했다. 꿈을 꾸는 느낌이었다. 그것도 지독한 악몽. 아니면 지금 이 순간이 지옥인 걸까? 실제 지옥은 이런 식으로 인간을 벌하는 걸까?

별의별 생각을 다 했지만 그래도 결론이 바뀌지는 않았다.

나는 살아 있다.

문제는, 전혀 다른 모습이라는 사실이었다.

바닥에 빗물이 고였고 그걸 희미한 가로등 불빛이 밝히고 있었다. 거기에 내 얼굴이 비쳐 보였다. 아니다. 내 얼굴이 아니다. 이건…….

"우필호."

그 이름을 조심스레 발음해봤다. 낯선 얼굴만큼 낯선 이름. 하지만 이 사내의 외모에는 꼭 어울리는 이름이기도 했다.

어떻게 된 일일까?

그 궁금증에 대한 해답을 어디에서도 찾을 수가 없었다. 어쩌면 열쇠는 이 남자, 우필호가 쥐고 있을지도 모른다. 그렇다면 우필호에 대해 알아내야 했다. 하지만 무슨 방법으로 정보를 모아야 할지 그것 역시 막막

했다. 결국 처음으로 돌아오고 말았다. 나는 어디에도 기댈 수 없었고, 어디로도 도망갈 수 없었다.

이대로 경찰서에 가 상황을 설명하는 게 가장 좋은 선택이지는 않을까? 하지만…… 내가 설명한다고 해서 과연 믿어줄까?

여러 의문이 어지럽게 맴돌았고 나는 그 소용돌이에서 쉽게 빠져나오지 못하리란 불길한 예감을 떨칠 수 없었다. 복잡하고 무거운 머리를 벽에 기댔다. 이대로 밤을 새울 수는 없었다. 어떻게든 방법을 찾아야 했다.

"하아."

나도 모르게 한숨을 쉬었을 때였다.

"재수 없게 왜 남의 집 앞에서 한숨이야?"

예상치 못한 소리에 놀라서 주위를 둘러봤다. 처음에는 아무것도 찾지 못했다. 한 번 더 살펴보고 나서야 대각선 맞은편에 종이 박스가 쌓여 있는 걸 발견했고, 누군가가 박스 밖으로 장수거북처럼 머리만 쏙 내밀고 있다는 사실을 알아챈 건 그다음이었다. 늙은 노숙자였다.

"죄, 죄송합니다."

나는 괜한 시비를 피하기 위해 사과부터 했다.

"뭐, 사정이 있어 그랬겠지만 나 같은 인간도 잘 살아가니까 너무 한숨 쉬지 말라고. 젊은데 뭘 못 할까, 안 그래?"

지금의 나는 갑피 같은 박스 집은 물론이고 돈 한 푼 없는 신세였다. 게다가 내가 누구인지도 모르는 상황이었다. 노숙자가 부러울 지경이었지만 그 말을 하지는 않았다. 그때였다. 한 가지 생각이 퍼뜩 머릿속을 스쳤다. 나는 노숙자에게로 다가가 물었다.

"혹시 2,000원만 빌려줄 수 있습니까?"

"뭐? 2,000원? 아니, 그 돈이 없어서 나 같은 거지한테 빌려달라고? 허, 참."

노숙자는 슬그머니 일어나 나를 위아래로 훑었다.

"네. 빌려주시면 꼭 열 배로 갚겠습니다."

내 말에 노숙자는 혀를 찼다.

"쯧쯧. 갚기는 뭘 갚아! 여기 있으니까 그냥 가져가."

나는 손을 내밀었고, 노숙자는 500원짜리 동전 네 개를 내 손바닥에 올려줬다.

"정말 감사합니다!"

진심을 다해 그렇게 말했다.

"근데 그 돈으로 뭐 할 거야? 설마 소주 한 병 까고 다리에서 뛰어내리고 그러는 건 아니겠지?"

노숙자가 돌아서려는 내게 물었다.

"아닙니다. 좀 알아볼 게 있거든요. 그리고 죽는 건 한 번으로 족합니다."

이상하게 바라보는 노숙자를 뒤로 하고 나는 서둘러 움직였다. 이제 목적지가 생겼다. 그것만으로도 기분이 조금은 나아졌다. 적어도 죽었다 막 깨어났을 때보다는.

몇 년 만이었다. 피시방을 이용하는 건. 내 전 재산으로는 세 시간을 살 수 있었다. 다행히 선결제에다가 그마저도 기계를 통했기에 아르바이트생과 마주치지는 않았다. 나는 맨 안쪽 구석에 자리를 잡고 인터넷

창을 열었다. 그러고는 포털 사이트에 접속했다. '단독'과 '속보'라고 붙은 기사 여러 개가 줄줄이 메인 화면에 떠 있었다. 그중 가장 눈에 띄는 기사가 있었다.

[단독] 유명 프로파일러 용의자와 함께 사망, 용의자는 리퍼로 추정

기사 내용은 내가 아는 것과 같았다. 인천 연안부두 등대 앞에서 두 남자가 번개에 맞아 불에 탄 시체로 발견되었다. 한 명은 프로파일러 최 모 경위이고, 한 명의 신원은 확인 중이지만 정황상 연쇄살인마 리퍼일 확률이 높다는 것이었다.

나는 관련 기사 여러 개를 차례로 읽었다. 그러면서 차가운, 그렇기에 더욱 명확한 사실을 확인했다.

그건 내가, 최승재 경위가 생물학적으로 완전히 사망했다는 사실이었다.

눈물 같은 건 나오지 않았다. 나는 그렇게 감상적인 사람이 아니었고 지금은 감상에 빠질 때도 아니었다.

이번에는 다른 기사를 뒤졌다. 오늘 밤에는 유독 사건 사고가 많았다. 이태원 클럽의 웨이터가 살해됐다는 기사도 보였고 피습당한 경찰관이 극적으로 회복했다는 기사도 보였다. 그 사이에서 결국 찾아냈다. 비교적 최근에 발생한 사건이라 그야말로 짧은 속보뿐이었지만.

[속보] 영안실에서 사라진 용의자, 경찰 추적 중

제목이 그대로 내용이었지만 나는 몇 가지 단서를 얻었다. 우필호는 용의자였다. 무슨 범죄에 연루되었는지는 모르겠지만 경찰이 영안실 앞을 지키고 있었던 것으로 봐서 제법 큰 사건이라는 건 짐작 가능했다.

나는 '우필호'라는 이름으로 검색했다. 결과가 몇 개 떴다. 일주일 전에 올라온 뉴스 영상도 있었다. 헤드폰을 쓴 다음 영상을 클릭했다. 머리카락을 멋지게 빗어 넘긴 남자 앵커가 정면을 보며 뉴스를 전했다.

"다음 소식입니다. 사흘 전 온라인을 뜨겁게 달궜던

사건이죠, 이른바 이태원 보복 살인 사건의 용의자 우필호 씨가 경찰에 자수했습니다. 이태원의 한 클럽에서 장 모 씨를 살해한 혐의로 수배 중이던 우필호 씨는 범행 직후 SNS를 통해 자신의 여동생을 성폭행하고 살해한 일당에게 복수를 한 것이라고 밝혀 큰 파장을 불러왔습니다. 그럼 경찰서에 나가 있는 기자 연결해보겠습니다."

거기까지 듣고 영상을 껐다. 그런 뒤 '이태원 보복 살인'이라고 키워드를 바꿔 다시 검색했다. 지난 몇 주간은 리퍼에게 미쳐 살았다. 자연스레 다른 사건들과는 멀어졌다. 이태원 보복 살인도, 우필호라는 이름도 처음 들어보는 것들이었다. 나는 여러 건의 기사들 중 오늘 저녁에 올라온 걸 확인했다. 제목부터 바로 눈길을 끌었다.

이태원 보복 살인 사건 용의자 우필호 사망

이태원 보복 살인 사건의 용의자 우필호 씨가 구치소에서 사망했다. 구치소 관계자에 따르면 우 씨가 복통을 호소한 것은 저녁 식사 직후. 그로부터 채 30분이 지나지 않아 우 씨는 의식을 잃었고 병원으로 후송 도중 이미 심정지 상태에 이른 것으로 파악된다. 경찰은 우 씨의 사망 원인을 파악하기 위해 부검을 실시할 것이라 밝혔다.

우 씨는 여동생을 성폭행하고 죽였다는 혐의를 받았지만 증거 불충분으로 풀려난 장 모 씨를 보복 살해한 것으로 밝혀져 조사 중이었다. 우 씨는 조사 과정에서 범죄에 가담한 일당이 더 있다고 주장한 것으로 알려졌으며 이를 뒷받침할 증거를 확보해 제3자에게 보내놓았다고 진술했다.

한편 경찰은 살해당한 장 씨는 범인이 아니라는 입장을 발표했다.

나는 기사를 읽으며 고개를 끄덕였다. 우필호가 어떤 인물인지 대략 윤곽이 그려졌다. 여전히 더 많은 정보가 필요했지만 변하지 않는 확실한 사실도 있었다. 우필호는 살인자였다. 그것도 사적 복수를 감행한 살인자. 그리고 나는…… 그런 우필호의 몸을 빌려 되살아났다. 몇 가지 장면이 머릿속에 연속으로 떠올랐다.

리퍼와 내가 번개를 맞고 죽는다. 몸을 떠난 내 영혼이 부유한다. 때마침 사망한 우필호가 영안실로 옮겨진다. 이승을 떠나지 못하고 있던 나는 영혼 그대로 우필호의 몸에 들어간다. 그리고 우필호, 아니 내가 깨어난다.

영화나 드라마, 그리고 소설에나 나올 법한 일이 벌어졌다. 버젓이, 그것도 내게.

"이게 무슨……."

머리를 감쌌다. 믿을 수가 없었다. 그럼에도 실감이 났고, 그래서 더욱 믿을 수 없었다. 한편으로는 화가 났고 한편으로는 두려웠다. 그리고 미칠 것 같았다. 이 상황을 어떤 식으로 해결해야 할지 감도 오지 않았다.

"젠장."

나는 그렇게 중얼거리며 한 가지 기사를 더 찾아 헤맸다. 아내와 딸에 관한 기사를. 내가 처한 상황보다 둘의 안위가 더 걱정이었다. 두 사람이 리퍼에게 당했다거나 극적으로 구조되었다면 분명 기사가 났을 것이다. 하지만 없었다. 내가 놓쳤나 싶어 오늘 자 사건 기사를 처음부터 다시 훑었다. 그래도 나오지 않았다.

둘은 누구도 찾지 못하는 곳에서 쓸쓸히 죽은 걸까? 죽은 채로 방치되어 있는 걸까?

그런 생각을 하자 가슴이 미어졌다. 바로 그때였다. 피시방 출입문이 열리며 요란한 방울 소리가 울려 퍼졌다. 문 쪽을 힐끔 바라봤다. 경찰관 두 명이 안으로 들어오는 게 보였다. 고개를 푹 숙인 다음 우선 컴퓨터부터 껐다. 흔적을 남기고 싶지 않았다. 경찰들은 주위를 둘러보며 점점 다가왔다. 나를 찾고 있는 게 확실했다.

어떻게 하지?

심장이 거세게 뛰었다. 이대로 붙잡힐 수는 없었다. 아무리 설명을 해봐야 죽은 내가 우필호의 몸으로 환생했다는 이야기를 믿어주지 않을 것이다. 그것만이 아니었다. 우필호의 몸인 채 다시 끌려가 법정에 설 테고 아마도 꽤 높은 형량을 받으리라.

나는 슬그머니 의자를 뒤로 뺐다. 여차하면 튕기듯 일어나 의자를 집어 던질 생각이었다. 그런 뒤 책상 사이를 뛰어넘어…….

"이런 썅!"

그런 소리와 함께 의자를 집어 던진 건 건너편 책상에 앉아 욕을 섞어가며 열심히 게임을 하던 중년 남자였다. 남자는 경찰들이 주춤한 사이 책상을 뛰어넘어 문으로 향하려다가 처참하게 넘어지고 말았다. 모니터가 줄줄이 쓰러졌다. 책상 위에 놓여 있던 라면 그릇이 허공을 날았다. 피시방의 몇 안 되는 손님들이 일제히 일어나 소동의 현장으로 모여들었다.

"잡아!"

경찰관 중 한 명이 소리쳤고 나머지 한 명이 쓰러진 남자를 덮쳤다.

"놔! 놔!"

남자가 발버둥 치며 소리를 질렀다. 거센 저항이었다. 결국 경찰관 둘 모두 달려들어야 했다. 나는 그 틈을 놓치지 않았다. 조용히 일어난 뒤 사람들 사이를 지나 출입구로 다가갔다. 그러면서 누군가가 의자에 걸쳐놓은 점퍼를 슬쩍했다. 검은색 바람막이였다. 그걸 걸치고 계단을 내려갔다. 피시방 안에서는 계속 고성이 들렸다. 건물 밖으로 빠져나오자마자 경광등을 번쩍이고 있는 순찰차가 보였다. 다음 순간 유리창 깨지는 소리가 들리며 컴퓨터 본체 한 대가 순찰차 위로 떨어졌다. 나는 멈칫했다가 재빨리 다시 움직였다. 위에서 무슨 소동이 벌어지건 내가 상관할 바 아니었다. 물론 점퍼를 훔친 게 마음에 걸리기는 했다. 그럼에도, 점퍼 주머니에 지갑이 들어 있다는 사실에 안도했다. 나는 죽었다가 깨어난 이후 처음으로 든든함을 느꼈다. 이제 내 편이 되어줄 사람만 찾는다면 더할 나위 없을 것 같았다. 그 전에 우선 한숨 자고 싶었다.

환생은…… 너무나 피곤한 일이었다.

3

나는 항상 총천연색 꿈을 꿨다. 내 꿈은 시골 할머니의 외출복처럼 언제나 알록달록했다. 그 탓에 누군가가 흘렸던 피, 쏟아낸 토사물 같은 것들이 꿈속에서도 생생하게 되살아났다. 할머니의 외출복과는 사뭇 다른 그 광경들은 모두 사건 현장에서 마주한 장면들이었다. 나는 기억력이 탁월했다. 한번 본 건 거의 잊지 않았고 마치 하나의 파일처럼 내 머릿속에 저장할 수 있었다. 그리고 언제든 사진이나 동영상의 형태로 불러내 복기할 수 있었다. 문제는 잠잘 때였다. 잠에 들었을 때는 통제를 벗어난 여러 기억이 꿈의 형태로 불쑥불쑥 나타났다. 대부분 끔찍하고 흉측한 기억들이었다.

리퍼를 알게 된 후, 나는 거의 매일 악몽에 시달렸다.

리퍼가 전시한 살인 현장은 내 머릿속 폴더에만 머물기를 거부했고 이따금은 현실에서도 튀어나왔다. 냉장고 문을 열었을 때 피해자의 잘린 머리를 본다거나 신호 대기 중에 사지가 뒤틀린 채 길을 건너는 사람을 목격한다거나 하는 식이었다. 현실이 악몽으로 변해갈수록 나는 리퍼에게 더욱 집착했다. 결국 그 집착 덕분에 리퍼를 잡을 수 있었지만.

꿈이었다. 나는 그 사실을 인지했다. 그런데 이상했

다. 평소와는 달리 흑백이었다. 곰팡이가 잔뜩 핀 벽도, 타일이 깨진 바닥도, 문짝이 떨어진 화장실 칸도 모조리 검은색과 흰색으로만 보였다. 칸 안쪽, 낡은 변기에 기대듯 쓰러진 여자 역시 그랬다. 그리고 그 여자에게서 흘러나오는 피도. 피는 먹빛이었다. 그 광경과 마주한 순간 말로는 설명할 수 없는 슬픔과 분노가 치밀어 올랐다.

"헉!"
한 줄기 밭은 숨을 내쉬면서 꿈에서 깼다.
한참 헐떡이고 나서야 내가 어디에 있는지 깨달았다. 카페였다. 24시간 운영되는 카페의 지하층. 나는 일인용 테이블에 얼굴을 파묻고 있었다. 고개를 들어 살펴보니 음료 한 잔을 시켜놓고 밤을 보낸 같은 처지의 사람들이 제법 있었다. 물론 그들은 도망자가 아니었다. 근처 클럽에서 젊음을 불태운 뒤 첫차를 기다리는 사람들이었다. 부스스한 몰골로 하나둘씩 일어나는 걸 보니 새벽을 지나 아침이 오는 모양이었다.

나는 화장실로 향했다. 찬물에 세수를 하니 정신이 돌아왔다. 맑은 정신으로, 거울에 비친 우필호 얼굴을 한참 바라봤다. 여전히 적응이 안 됐다. 그러고 보니 궁금했다. 여동생의 복수를 위해 살인까지 저지른 이 남자의 직업은 무엇이었을까? 다른 가족은 없는 걸까? 그리고…… 우필호는 왜 죽은 걸까?

여전히 답을 찾기 힘든 질문의 연속이었다.

나는 생각하기를 포기하고 화장실 밖으로 나갔다. 지금은 멈춰 서서 문제를 풀기보다 움직여야 할 때였다.

몇 분 전과 달라진 건 없었다. 겨우 일어났나 싶은 사람들 중 대부분이 다시 얼굴을 파묻은 걸 제외하고는. 내가 1층으로 올라가려 할 때쯤 아르바이트생 한 명이 졸린 표정으로 내려왔다. 우린 좁은 계단에서 마주쳤다. 아르바이트생은 내 얼굴을 보자마자 화들짝 놀라더니 들고 있던 빗자루를 떨어뜨렸다.

들켰다!

아르바이트생을 밀치고 달려 올라갔다. 그대로 1층 홀을 가로질러 밖으로 향했다. 다행히 막는 사람은 없었다. 새벽과 아침의 경계에 놓인 거리는 한산했다. 나는 카페 옆 골목으로 들어갔다. 달리지는 않았다. 그편이 더 눈길을 끌 것 같았다. 대신 잰걸음으로 걸었고, 그러면서 생각했다.

그 아르바이트생은 나를 어떻게 알아본 걸까?

내 의문은 곧 풀렸다. 빌딩 숲 사이로 우뚝 솟은 건물 전광판에 아침 뉴스가 흘러나오고 있었다. 앵커의 목소리까지는 들리지 않았지만 도망친 살인 용의자를 수배 중이라는 자막과 함께 뜬 사진 한 장은 똑똑히 보였다. 그건 바로 나, 그러니까 우필호였다. 저렇게 뉴스에 나올 정도면 이미 인터넷은 우필호 사진으로 도배가 되었으리라.

나는 모자를 더 깊게 눌러쓴 뒤 다음 골목으로 접어들었다. 이곳 지리는 훤했다. 3개월간 강남경찰서에서 파견 근무를 하며 삼성역 주변을 숱하게 돌아다닌 덕분이었다. 골목 몇 개를 더 지나 목적지로 향했다. 나를 도와줄 유일한 사람이 강남경찰서에 있었다. 그는 내가 아는 한 가장 특이하면서도 유능한 사람, 그리고 이 황당무계한 상황을 믿어줄 사람이었다.

담과 전봇대 사이에 숨어 해장국집을 살폈다. 아직 그는 보이지 않았다. 그렇다는 건 7시가 채 되지 않았다는 뜻이었다. 그는 아침 7시에 꼭 맞춰 해장국을 먹으러 온다. 아침 시간대의 국물이 제일 맑고 시원하다는 게 이유였다. 술도 안 마시면서 매일 해장국은 왜 먹느냐고 물었더니 그는 이렇게 대답했다.

"선배, 술보다 이 빌어먹을 세상이 내 속을 더 쓰리게 한다고요."

왔다. 내가 그토록 기다리던 사람이 특유의 어슬렁거리는 걸음걸이로 도착했다. 나는 그가 해장국집 안으로 들어가는 걸 지켜보며 속으로 수를 셌다. 1부터 60까지, 그리고 한 번 더 1부터 60까지. 2분이면 선지가 가득 들어간 해장국 한 그릇이 나오고도 남을 시간이었다. 주위를 살핀 뒤 나 역시 해장국집으로 향했다.

"어서 오세요."

주인아주머니의 반응은 몇 년 전과 다를 게 없었다. 심드렁하고 간단한 인사. 기본적으로 손님에게 관심이 없다. 그렇기에 내게는 오히려 좋은 상황이었다. 그는 가게 맨 안쪽 자리에 앉아 있었다. 이제 막 국물 한 숟갈을 뜨는 중이었다. 나는 깊게 심호흡을 한 다음 그의 앞자리에 말없이 앉았다. 해장국 그릇에 얼굴을 묻고 있던 그가 슬쩍 고개를 들었다. 나는 바로 입을 열었다.

"조우리 형사."

"누구?"

조우리는 안 그래도 큰 눈을 더 크게 뜨며 나를 바라봤다. 오랜만에 봤지만 달라진 건 전혀 없었다. 화장기 없는 얼굴에 아무렇게나 질끈 묶은 머리, 그리고 세상 근심과 걱정은 자기가 다 하는 듯 찡그린 미간까지.

"지금부터 내가 하는 말……."

"우필호?"

나를 알아봤다. 좋은 눈썰미도 예전과 똑같았다. 조우리는 벌떡 일어나려 했다. 나는 급한 성격도 여전한 그를 향해 조용히, 그러나 빠르게 말했다.

"조우리 형사. 계급은 경사. 나이는 스물아홉. 강남

경찰서 형사과 소속이고 태권도 3단에 유도 2단, 취미
는 온라인 게임 및 아이돌 덕질. 또 하나, 유튜브로 오
컬트와 각종 미스터리 영상 보는 걸 좋아함. 별명은 조
저씨. 중년 아저씨 같은 말투와 행동 때문에 그렇게 불
림. 강남 사채업자 살인 사건을 해결해 특진. 부모님은
순천에서 과수원을 하시고 남동생 한 명 있음. 좋아하
는 음식은 해장국, 못 먹는 음식은 우유. 가장 일찍 출
근해 가장 늦게 퇴근하기로 유명. 애인 없음. 칼에 두
번 맞았고 손가락 역시 두 번 부러졌음. 존경하는 선배
는 최승재 경위."

"너…… 뭐야? 누구야?"

조우리는 반쯤 일어선 채로 나를 빤히 쳐다봤다. 눈
동자가 흔들렸다. 나는 조우리 쪽으로 상체를 숙인 채
속삭였다.

"나야. 최승재."

"뭐?"

"잠시 이야기 좀 할 수 있을까?"

"뭐, 뭐라는 거야? 우필호 너 이 새끼 내 뒷조사는

왜······."

조우리는 숟가락을 꽉 쥐었다. 당장이라도 그걸로 내 머리를 내려칠 것만 같았다. 충분히 그러고도 남을 성격이었다. 참고 있는 건 상황이 이상하다는 걸 느꼈기 때문일 테고.

"자리를 옮겨서 내 이야기를 좀 들어줘. 듣고도 납득을 못 하겠다면 바로 체포해도 좋아."

나를 노려보는 시선을 거두지 않은 채 조우리가 물었다.

"그럼 내 원래 이름이 뭐야? 개명하기 전 이름."

"조덕순."

"씨발. 일어나."

조우리는 숟가락을 탁 놓고 일어나 가게 밖으로 향했다. 나도 급히 뒤를 따랐다.

우리는 탐색하듯 오래 마주 보고 있었다. 카페 2층에는 다른 손님이 없었다. 아침부터 카페에 죽치고 앉아 있는 사람은 한가한 경찰이나 환생한 도망자뿐이리라.

"그러니까…… 당신이 우필호 몸으로 환생한 최승
재다?"

한참 만에 돌아온 질문에 나는 고개를 끄덕였다. 조
우리는 아이스아메리카노를 벌컥벌컥 들이켰다. 그러
고는 컵을 내려놓자마자 허허, 웃기부터 했다.

"간밤에 꿈자리가 뒤숭숭하다 하더니 별 좆같은 일
이 다 생기네. 하아."

"믿어주는 건가?"

내가 물었다. 나는 어제 일을 처음부터 끝까지, 내가
리퍼를 죽이려 했다는 부분만 빼놓고 다 이야기했다.
졈퍼며 지갑 훔친 이야기도. 조우리의 표정 변화가 볼
만했다. 처음에는 인상을 구겼다가 중간쯤부터는 황
당해하다가 지금은 약간 무서워하고 있었다.

"믿으라고? 씨발, 무슨 달라이 라마도 아니고 환생
한 걸 믿으라고? 최 선배 죽은 것도 화나죽겠는데, 뭐?
환생? 어이가 없어서……."

조우리는 어색하게 웃었다. 한쪽 입꼬리가 씰룩인다

는 건 마음이 흔들린다는 뜻이었다. 게다가 지금은 시선도 내게서 거두고 비스듬히 허공을 보고 있었다.

"원한다면 조 경사와 내가 사건 조사를 하면서 나눴던 대화들, 특히 사채업자 살인 사건 해결 때 어떻게 증거를 모았고 거기서 단서는 뭘 얻었는지 하는 것들까지 하나하나 다 이야기해줄 수 있어. 알 거야. 내 기억력이 남들보다 좋다는 거."

내 말이 조우리가 처음으로 픽, 하고 웃었다.

"딱딱하고 무뚝뚝한 말투는 그대로네요."

"믿는…… 거야?"

조심스레 질문을 던졌다. 조우리는 긍정도 부정도 하지 않은 채 이야기했다.

"1979년, 미국의 조 엘리엇이라는 소년은 불에 타죽는 꿈을 자주 꿨어요. 너무나도 생생한 꿈에 고통을 받던 조는 결국 정신과 상담을 받았는데 거기서 신기한 사실을 알게 됐죠. 자기가 꿈에서 본 장소가 실제로 존재한다는 거였어요. 그리고 그 장소는 같은 미국도 아닌 영국의 한 마을이었고, 그곳에선 불과 5년 전에 큰 화재가 나 소방관 한 명이 죽은 사건이 있었어요. 정신과 의사는 조의 부모님을 설득해 영국의 그 마을에 가보게 했어요. 그곳에 가자마자 조는 영국식 억양을 구사하기 시작했고 자신이 5년 전 죽은 소방관 대니얼 브래너라는 사실을 기억해냈어요. 이 불가사의한 일은 환생이라는 단어로밖에 설명이 안 되죠. 이 외에도 비슷한 일이 제법 있어요. 환생을 경험했다는 사람이 쓴 책도 있거든요. 그렇다고 해서……"

조우리는 잠시 말을 멈춘 후 내게 시선을 고정했다. 정확히는 내 눈을 응시했다. 마치 우필호 안에 깃든 최승재의 영혼을 읽어내려고 하는 것처럼.

"……무조건 다 믿을 순 없죠. 계속 의심하라고 가르쳐준 건 다름 아닌 최승재 경위님이었으니까. 그러니 마지막으로 하나만 더 물어볼게요. 리퍼는 어떻게 찾은 거예요? 다들 승재 선배가 어떻게 리퍼를 찾았는지 그걸 궁금해해요. 반장한테도 그냥 인천 연안부두로 와달라고 했다면서요?"

"구구절절 설명할 시간이 없었으니까."

내 대답에 조우리는 고개를 끄덕였다.

"오케이. 거기까지는 나도 이해 완료. 자, 그러면 이제 구구절절 설명해봐요. 천재 프로파일러 최승재가 어떻게 리퍼를 붙잡아 천벌을 내렸는지."

"내가 천재 프로파일러라는 말 듣기 싫어하는 거 알면서."

내가 방송 활동을 이어온 건 단순한 이유 때문이었다. 범죄의 참혹함과 심각성을 알리는 한편 범인은 반드시 잡힌다는 사실을 밝혀주고 싶었다. 하지만 활발하게 방송에 출연하면서 '천재 프로파일러'라는 낯부끄러운 수식어가 붙어버렸다. 그 덕분에 인지도는 올라갔지만 곱지 않은 시선으로 보는 동료들도 있었다. 자신의 억울한 사연을 들어주고 해결해달라며 일면식도 없는 사람들이 이메일로 연락해오는 것도 골치 아픈 일 중 하나였다. 리퍼 사건에 매달리고부터는 그런 이메일을 확인해볼 시간도 없었다.

"음, 좋아. 방금 말로 신뢰도가 몇 퍼센트 올라갔어요."

"그리고 천벌은 리퍼만 받은 게 아니야. 나도 같이

번개를 맞았으니까."

"그렇죠. 그러니 설명이 필요하다는 거예요. 국과수
에서 부검 중일 최승재가 전혀 다른 사람의 얼굴을 하
고 나타난 걸 이해시키려면 그 정도 설명은 필요하지
않겠어요? 일단은…… 우필호 씨?"

맞는 말이었다. 나라도 조우리처럼 행동했을 것이다.
아니, 어쩌면 아예 귀담아듣지 않았을지도 모른다. 다
만, 지금은 더 급하고 중요한 일이 있었다. 리퍼를 찾아
낸 과정을 '구구절절' 설명하기 전에 조우리의 도움이
먼저 필요했다.

"알았어. 궁금해하는 건 뭐든 다 설명해주지. 하지만
그 전에 부탁이 있어. 우리 가족, 아내와 딸 지혜가 어
떻게 됐는지 좀 알아봐줘."

순간 조우리의 눈빛이 바뀌었다. 표정도 변했다. 그
걸 보자 심장이 조여왔다. 내가 아는 한, 리퍼는 한 번
도 실패한 적이 없었다. 그 사실을 알기에 헛된 기대는
하지 않았지만 누군가의 입을 통해 두 사람의 죽음을
확인하는 건 또 다른 일이었다. 나는 주먹을 꽉 쥐었

다. 손톱이 손바닥을 파고들 정도로.

"이수진 씨와 최지혜 양…… 그러니까 최승재 경위의 아내와 딸은 현재 실종 상태예요."

조우리는 천천히 말했다.

"실종이라면?"

내가 물었다. 평정심을 유지하려 해도 목소리가 떨리는 건 어쩔 수 없었다.

"어젯밤, 정확히 말하면 20시 46분에 인천 연안부두 등대 앞에서 본청 경찰들이 최승재 경위와 신원미상의 남성 시체를 발견했어요. 그 직후 최승재 경위의 아내인 이수진 씨에게 연락을 했지만 전화를 받지 않았어요. 몇 번을 시도해도 연락이 닿지 않자 경찰은 이수진 씨가 지내고 있는 속초의 부모님 댁으로 경찰을 보냈어요. 거기서 경찰은 두 구의 시체를 발견했고, 각각 이수진 씨의 아버지와 어머니라는 걸 확인했어요."

"뭐?"

나도 모르게 목소리가 커졌다. 뜨거운 기운이 몸을 훑고 지나갔다. 장인어른과 장모님 얼굴이 떠올랐다.

장모님은 꽃 선물을 좋아하는 천생 소녀였고, 장인어른은 무뚝뚝해도 사위가 나오는 TV 프로그램은 다 챙겨 보시던 분이었다.

"하지만 그 집, 그러니까 사건 현장에 이수진 씨는 없었어요. 딸인 지혜도 없었고요. 현재 두 사람의 행방을 계속 찾고 있어요. 여기까지가 제가 아는 전부예요. 경찰 내부에서도 이번 사건에 어떻게 대처해야 할지 고민하는 눈치예요. 죽은 남자가 리퍼인 건 확실한데 그 사실을 입증해줄 최승재 경위 역시 죽은 데다가 가족까지 사라졌으니……. 다들 말을 아끼고 있죠."

"리퍼, 그러니까 조영재 집은 확인했나?"

"그렇다고 알고 있어요. 죽은 남자의 신원을 확인하자마자 주소지로 달려갔지만 건진 건 없대요. 그래서 더 혼란스러워해요. 조영재는 겉으로 보기엔 지극히 평범한 인간이니까. 물론 그 모습이 프로파일링과 맞아떨어지긴 하지만 물적 증거가 없으니……."

"놈의 작업장이 있어."

"당연히 거기도 뒤졌죠."

"아니야! 작업장은 두 개야. 연안부두에 진짜 아지
트가 하나 더 있어. 그건 조영재 어머니 명의로 되어
있던 거라 나도 어제야 그 실체를 알았어."

"그걸 미리 알려줬으면 좋았잖아요!"

"말했잖아. 설명할 시간이 없었다고. 그리고…… 다들
내가 리퍼 이야기만 꺼내도 피했어. 지긋지긋하다고."

"그럼 그 창고에 증거가 있다는 거네요?"

"증거만이 아니야. 어쩌면 아내와 딸이 거기 있을지
도 몰라."

"네? 그건 또 무슨 말이에요?"

나는 조우리에게 내가 왜 리퍼와 격투를 벌이게 되
었는지 이야기했다. 아내의 전화를 받은 것도, 그 뒤로
이성의 끈을 놓고 리퍼를 공격했다는 것도.

"아내와 지혜는 아마 살아 있진 않을 거야. 그래도
찾고 싶어. 찾아서……."

뒷말은 잇지 못했다. 나는 울지 않으려고 입술을 꽉
깨물었다. 소용없었다. 감정의 밑바닥 저 깊은 곳에서
시작된 떨림이 슬픔의 해일을 밀고 와 끝내 나를 뒤흔

들었다. 눈물이 쏟아졌다. 잠시 흐느꼈다. 슬퍼하는 데 오랜 시간을 할애할 수는 없었다. 지금은 두 사람을 찾는 게 먼저였으니까.

"거기 주소 말해줘요. 당장 출동할 테니까."

조우리가 말했다. 눈가가 촉촉했다.

"안 돼. 아무도 내 말을, 내가 최승재라는 걸 믿어주지 않을 거야."

"그냥 있어요. 제가 대충 둘러대고 다녀오면 되니까. 아니면 나 혼자서라도⋯⋯."

"일단은 내 눈으로 먼저 아내와 딸을 확인하고 싶어. 그러니 같이 좀 가줘. 리퍼를 어떻게 찾아냈는지는 가는 동안 설명할 테니까."

조우리는 대답 없이 나를 빤히 봤다. 잠시 후, 작은 한숨과 함께 조우리가 말했다.

"알았어요. 내가 한번 믿어줄게요."

"고마워."

나는 서둘러 일어났다. 조우리는 남은 아이스아메리카노를 마저 마신 뒤 인상을 쓰며 한마디를 했다.

"에이드 시켜놓고 꼭 3분의 1쯤 남기는 것도 똑같네."

"얼음 녹아서 밍밍해진 맛이 싫거든."

내가 말했다.

"환생 축하해요, 선배."

조우리가 그 말과 함께 내 어깨를 툭 치고는 돌아섰다. 나는 그의 등 뒤에 대고 고개를 끄덕, 했다. 과연 축하할 일일까 싶었지만.

4

리퍼의 시그니처를 찾았다. 그것이 출발점이자 결승점이었다.

피해자가 살해당한 곳은 주로 본인의 집이었다. 즉, 리퍼는 자신이 고안한 살인 기구들을 사건 현장까지 옮겨 설치하고 그걸 이용해 피해자를 죽이는 일 모두를 혼자 해냈다. 물론 거기까지는 이해할 수 있다. 비뚤어진 집착과 광기는 종종 초인적인 힘으로 연결되니까. 그랬기에 리퍼가 악마라 불린 것이기도 하고. 진정으로 기이한 것은 그 과정에서 놈이 어떤 흔적도 남기지 않았다는 사실이었다. 길게는 서너 시간씩 현장에 있으면서도 지문은 물론이고 머리카락 한 올, 땀 한 방울 남기지 않았다.

그게 가능한 일일까?

내 의문은 거기서 시작됐다. 그 전까지는 놈이 남겼을지도 모를 무언가를 찾으려 애쓰기만 했다. 정말 미친 듯이 찾아 헤맸다. 그러다가 리퍼가 '어떻게' 아무런 흔적도 남기지 않을 수 있었을까를 고민하자 사건이 다른 각도로 보이기 시작했다.

나는 리퍼가 되어보기로 했다. 리퍼처럼 생각하려고 애썼다. 피해자의 집에 침입한다, 피해자를 제압한다, 기구를 세팅한다, 살인을 저지른다, 그 과정을 지켜본 후 유유히 빠져나온다. 이 일련의 정돈된 작업 속에서 그 어떤 것도 남기지 않아야 한다.

어떻게 할까?

지문은 장갑을 낀다면 해결될 문제였다. 덧신을 신

는다면 족적 역시 남기지 않을 수 있다. 털이 빠지는 건 전신 제모로 막는 게 가능하다. 머리카락은 최대한 짧게 자르고 수술용 모자 같은 걸 쓸 것이다. 자, 그렇 다면 땀이 흐르는 건 무슨 수로 막을까?

나는 대부분의 사건이 밤, 그것도 날씨가 흐리거나 기온 자체가 높지 않은 날에 벌어졌다는 사실에 주목 했다. 게다가 한여름에는 한 건의 사건도 발생하지 않 았다. 설마 땀을 흘리지 않으려고 그랬던 걸까?

그런 의문을 품으며 나는 사건을 처음부터 다시 조 사했다. 내 기억 속 현장 모습도 몇십 번씩 되풀이해 꺼내 보고 또 꺼내 봤다. 그러다가 결국 무언가를 찾 아냈다. 스치듯 지나간 무언가, 현장 사진에도 다 담 기지 않았던 무언가, 리퍼의 살인 기구에 정신이 팔 린 나머지 누구도 주의를 기울이지 않았던 그 무언가 는…… 바로 에어컨이었다.

사건 현장에는 항상 에어컨이 켜져 있었고 설정 온 도는 18도였다.

내 기억이 정확한지 확인하기 위해 실제 현장을 찍

은 사진도 계속 살펴봤다. 있었다. 저 멀리 배경으로, 혹은 초점이 빗나간 상태로 에어컨이 찍혀 있었고 어김없이 작동 중인 상태였다.

선선한 날씨에도 에어컨을 켠 채 살인을 저지른 이유는 무엇일까? 수사본부에서 그에 관한 의견이 나오지 않았던 건 아니다. 대세는 사망 추정 시각에 혼란을 주기 위해서라는 분석이었고 나도 그렇게만 생각했다.

하지만 아니었다.

18도에 맞춘 채 켜둔 에어컨이야말로 리퍼의 시그니처였다.

그렇다면…… 놈은 왜 에어컨을 켰을까? 단순히 땀을 흘리지 않으려고? 물론 그런 해석도 가능했지만 나는 한 가지 가설을 세워봤다.

놈은…… 더위를 못 견디는 게 아닐까? 리퍼에게는 최적의 온도가 18도인 건 아닐까? 그런 거라면, 그 정도로 더위를 견디지 못하는 거라면…….

"그래서 무한증을 떠올렸다고요?"

조우리가 물었다.

"그래. 땀을 흘리지 못하면 체온 조절이 안 되지. 그러면 더위를 참을 수 없게 돼. 이 가설이라면 리퍼가 땀 한 방울 남기지 않은 이유도, 그리고 에어컨을 그토록 세게 틀어놓은 이유도 설명이 되는 거였어."

무한증(無汗症).

땀을 흘리지 않는 병.

땀은 체온을 조절하고 노폐물을 분비하는 데 중요한 역할을 한다. 무한증을 앓는 사람들은 땀을 흘리지 못하기에 다양한 증상에 시달린다. 그중 대표적인 게 발열이다. 평균보다 높은 체온을 가질 수밖에 없고, 땀구멍이 막힌 탓에 피부 가려움과 염증에 시달린다. 따라서 가장 중요한 건 시원한 환경에서 생활하는 것이다. 동물원의 북극곰처럼.

"그다음은요? 단순히 무한증만으로 잡을 순 없는 거잖아요."

조우리는 속도를 전혀 줄이지 않은 채 좌회전을 하

면서도 질문을 던지는, 실로 아슬아슬한 운전 솜씨를 선보였다. 그의 운전은 악명이 높았다. 거칠고 험하기로 따지자면 거의 헤비급 복서 수준이었지만 실제 모는 차는 마티즈였다.

"선천적이건 후천적이건 전신성 무한증은 매우 희귀해. 그렇다는 건 국내에 그걸 치료해줄 의사도 몇 없고 환자 역시 몇 없다는 뜻이지. 그래서 그쪽을 팠어. 서울의 한 대학병원 피부과 교수가 무한증 관련 진료를 한다는 걸 알아낸 뒤 그 사람을 만났지. 그러곤 대놓고 요구했어. 영장 같은 건 없지만 환자 신상을 알고 싶다고."

"그랬더니 대뜸 알려줬어요?"

"아니. 의사의 양심 운운하며 거부하기에 그 양심을 잠시 내려놓으면 리퍼를 잡을 수도 있다고 말해줬지. 계속 고민하다가 결국 협조하겠다고 하더군. 신체에서 전혀 땀을 흘리지 않는 사람, 즉 전신성 무한증 환자는 국내에 딱 두 명이 있었어. 그 의사가 알기로는. 그 중 한 명은 열 살 남자애였고 나머지 한 명이……."

"조영재?"

"맞아."

나는 고개를 끄덕였다.

조영재. 서른네 살. 직업은 프리랜스 엔지니어. 기계 설비 쪽 부품 제작 의뢰를 받아 혼자서 만드는 일로 수입이 그리 많지는 않음. 다만 부모님으로부터 물려받은 재산이 제법 됨. 서울의 4년제 공대를 나왔고 줄곧 독신 생활을 유지 중. 병원에는 한 달에 한 번씩 방문해 두드러기 치료를 받음. 그리고 인천에 본인 명의의 작업 창고를 소유하고 있음.

내가 몇 주간의 독자적인 수사와 미행을 통해 알아낸 건 거기까지였다. 나는 확신했다. 조영재가 리퍼라는 것을.

그리고 바로 어제저녁, 놈을 또다시 미행했다. 조영재는 외출할 때면 언제나 그러듯 빨간색 넥타이를 매고 있었다. 놈이 타는 차는 SUV였다. 나는 리퍼가 평소와 다름없이 작업장에 출근하는 것이라 생각했다. 아니었다. 조영재는 자신의 작업장을 지나쳐 연안부두로 향했고, 거기서도 한참 더 들어갔다. 그때부터는 차로 미행하는 데 부담을 느껴 부두 입구에 주차한 뒤 장대비를 그대로 맞으며 일대를 돌아다녔다. 그러다가 발견했다. 어창처럼 보이는 허름한 창고에 최신 보안 장비가 설치되어 있는 것을. 또 하나, 그 창고의 에어컨 실외기가 맹렬하게 돌아가고 있었다. 그 창고 주소로 명의자를 알아보니 아는 이름이 나왔다. 박현자. 바로 조영재 어머니의 이름이었다.

그 창고가 리퍼의 실제 작업장이었던 것이다. 살인 작업장.

내가 문을 부수고 창고로 들어가려던 순간 안에서 사람이 튀어나왔다. 조영재였다. 그대로 추격전이 시작되었고 결국 등대까지 놈을 몰아붙였다. 그랬는데…….

"다 왔어요."

조우리가 말했다. 마침 내비게이션도 목적지에 도착했다고 알려줬다. 바로 그 창고 앞이었다. 나는 얼른 차에서 내렸다.

벌겋게 녹이 오른 철문, 그리고 어울리지 않는 도어록이 제일 먼저 눈에 들어왔다. 시멘트 벽은 군데군데 갈라져 시름에 가득 찬 표정을 짓고 있었고 창살이 가로지른 창문은 블라인드로 완전히 막힌 상태였다. 색바랜 푸른색 양철 지붕 끝에서 어제의 폭풍우를 증명하듯 물이 뚝뚝 떨어지고 있었다.

"들어가지."

내 말에 조우리는 고개를 끄덕인 후 마티즈 뒷좌석에서 뭔가를 꺼내왔다. 쇠 파이프였다. 강력계 형사가 연장을 챙겨 다니는 건 특이한 일은 아니었다.

"이걸로 부수면 될 거예요."

조우리는 그렇게 말하며 쇠 파이프로 도어록을 내려쳤다. 입을 꾹 다물고 있던 은색 도어록은 맥없이 떨어져 나갔다. 그러자 창고 문이 삐걱 소리를 내며 밖으로 열렸다. 나는 조우리와 눈빛을 교환한 뒤 안으로 성큼 들어갔다. 어두웠다. 지독하게 어둡고…… 서늘했다. 벽을 더듬었지만 스위치가 만져지지는 않았다.

"아무것도 안 보여."

내가 말하자 조우리는 손전등을 꺼내 들었다. 곧 맥라이트가 내뿜는 백색 불빛이 창고를 밝혔다. 내부는 그야말로 깔끔했다. 작업대와 화이트보드가 보였다. 작업대 위에 도면이 펼쳐져 있었고 그 옆으로 서류 뭉치가 쌓인 채였다. 나로서는 그 용도조차 알지 못하는 여러 기계가 창고 한쪽에 가지런히 놓여 있었다. 반대편에는 책상과 함께 대형 모니터가 있었다. 그리고 창고 앞과 뒤로 대형 에어컨 두 대가 장승처럼 서 있었다. 그것들 말고 눈에 들어오는 건 없었다. 조우리가 창고 구석구석을 비췄지만 아내도, 그리고 지혜도 보이지 않았다.

"여기가 리퍼 그 새끼 작업장은 맞는 것 같긴 한데……."

조우리는 말끝을 흐렸다.

"잠깐만."

나는 작업대로 다가가 뭐라도 건질 게 있는지 뒤지기 시작했다. 조우리도 거들었다.

아내와 딸이 여기서 죽은 게 아니라면 리퍼는 도대

체 어떤 장소를 택해 범행을 저지른 걸까?

머리가 복잡했다. 마음은 급한데 서류 속 글자는 눈에 들어오지 않았다. 노트 몇 권이 바닥으로 우르르 떨어졌다.

"선배. 천천히 해요."

조우리의 말에 나는 발끈하고 말았다.

"조용히 해!"

그때였다. 창고가 순식간에 밝아졌다. 웅, 하는 소리가 들린다 싶더니 에어컨 두 대도 돌아가기 시작했다.

"오! 음성인식인가 봐요. 큰 소리를 내면 자동으로 전기가 들어오는 것 같은데? 이 새끼 이거 최신식으로 만들어놨네요."

조우리의 말 그대로였다. 조명이 들어오고 에어컨이 켜지고 컴퓨터 모니터도 밝아졌다. 에어컨은 어김없이 18도로 설정돼 있었다. 나는 내부를 획 둘러본 후 다시 작업대로 시선을 옮겼다. 그러고는 말했다.

"소리에 반응했다가 나중에 도어록을 닫으면 전기 공급이 중단되는 시스템일 수도 있겠어. 아무튼 그것보다 중요한 건 놈이 아내와 딸을……."

"선배."

조우리가 불렀다.

"왜 그래?"

나는 짜증을 꾹꾹 누르며 뒤를 돌아봤다. 조우리는
모니터를 가리키고 있었다. 그제야 나도 거기에 화면
이 떠 있는 걸 발견했다. 모니터를 향해 다가갔다. 작업
대에서 모니터까지 단 몇 걸음이면 충분했지만 발이
떨어지지 않았다. 발보다 먼저 도착한 눈이 모니터 속
화면을 확인했다. 샤워 부스처럼 보이는 투명한 공간
에 두 사람이 웅크린 채 앉아 있었다. 눈에 익은, 너무
나 잘 아는 레이스 달린 분홍색 원피스가 시야 한가
득 들어왔다. 몇 달 전 생일에 내가 지혜에게 사 준 옷
이었다. 지혜를 보호하듯 감싸고 있는 건 아내였다. 둘
다 숨이 끊어졌다는 것쯤은 알 수 있었다. 샤워기에서
쏟아져 내린 염산이 두 사람을…….

비명이 터져 나왔다. 괴성이었다. 울음이었고, 발악
이었다. 그리고 분노에 찬 외침이었다. 숨을 쉴 수가

없었다. 나는 무릎을 꿇고 가슴을 쥐어뜯었다. 예상했다. 각오도 했다. 하지만 막상 눈으로 확인하자 그 모든 게 날아가버렸다. 슬픔은 각오보다 훨씬 큰 파도가 되어 몰아쳤고, 분노는 예상보다 더 세찬 비가 되어 내 몸을 때려댔다. 문득, 살아야 할 이유가 없다는 걸 깨달았다. 아내도 딸도 없는 이 세상에서 내가 우필호의 몸으로 계속 살아가야 할 이유 같은 건 존재하지 않았다.

"선배⋯⋯."

조우리가 내 어깨를 감쌌다. 그 순간 나는 그의 허리춤에서 권총을 빼냈다. 그러고는 총구를 관자놀이에 댔다.

"안 돼요!"

조우리가 외쳤다.

"미안해."

나는 안전장치를 풀었다. 이미 아내와 지혜 곁으로 갔어야 했는데 쓸데없이 더 살았다. 리퍼를 죽음으로 인도한 것으로 내 임무는 다했다. 환생의 이유 같은 건 모르겠지만 이제는 내 의지대로 지긋지긋한 삶을 끝낼 것이다. 조우리가 경악한 표정으로 소리를 질렀지만 귀에 들어오지 않았다. 눈을 감았다. 지난 일들이, 그야말로 주마등처럼 스쳐 지나갔다. 내 머릿속 모든 파일들이 한꺼번에 튀어나와 뒤죽박죽으로 섞였다. 내가 가장 사랑했던 두 사람에 대한 기억이 제일 많았다. 그나마 다행이었다. 그다음은 빌어먹을 리퍼였다. 놈을 쫓았던 과정, 그리고 바로 지금 이곳에 도착한 후의 일들이 생생하게 떠올랐다. 서서히 오른손 검지에 힘을 줬다.

바로 그 순간이었다.

어떤 장면이 불쑥 떠올랐다. 나는 눈을 떴다. 그러곤 총을 내려놓고 모니터를 향해 넘어지듯 달려들었다.

"선배! 뭐 하는 거예요? 내가 지금……."

그렇게 외치는 조우리를 향해 나는 손을 들어 보였다.

"잠깐!"

모니터를 뚫어져라 바라봤다. 맞았다. 내가 본 게 맞았다. 심장이, 다른 의미로 세차게 뛰기 시작했다. 나는 벌떡 일어나 모니터를 꽉 움켜쥐었다.

"도대체 왜 그래요?"

조우리가 성난 말투로 물었다.

"여길 봐."

나는 모니터 하단에 뜬 깨알 같은 글씨를 가리켰다.
손가락이 덜덜 떨렸다. 거기에 적힌 건 짧은 한 문장이
었다.

— 1시간 전에 새로 고침.

"이, 이게 무슨 뜻이에요? 뭐예요, 이게?"

눈을 휘둥그레 뜬 채 묻는 조우리를 향해 나는 조용
히, 그리고 신중하게 말했다. 스스로도 납득할 수 있도
록 곱씹으며.

"누군가가 한 시간 전에 이 영상을 새로 고침 해서
봤다는 거야."

"네?"

"무슨 뜻인지 알겠어?"

조우리는 고개를 저었다. 나는 숨을 크게 들이쉬었다가 뱉었다. 내 생각이 옳은지 확신할 수는 없지만 한 가지는 확실했다. 분명, 그럴 가능성이 있었다. 나는 조우리에게, 그리고 나 자신에게 물었다.

"혹시…… 리퍼도 환생한 게 아닐까?"

타
격

1

리퍼와 나는 같은 날 같은 시각에 죽었다. 그때 우리를 관통한 번개 속에 빌어먹을 신의 섭리 같은 게 들어 있었다면, 나 혼자만 환생하게 두지는 않았으리라. 그것이 상식적인 추측이었다. 이미 환생이라는 요소가 들어갔기에 상식 운운한다는 게 말이 안 되지만 적어도 지금 나를 둘러싼 세계 속에서는 그럴싸한 이야기였다.

"그렇다면 설명이 돼."

나는 거실을 왔다 갔다 하며 중얼거렸다. 나와 조우리가 도착하기 한 시간 전 새로 고침 한 동영상 프로그램. 그건 자동으로 돌아가는 게 아니었다. 내 예상대로 누군가가 프로그램에 접속해 CCTV를 실행했다는 뜻이었다. 그걸 할 수 있는 존재는 딱 한 명뿐이었다. 도어록의 비밀번호를 알고 불을 켜는 방법도 알며 아내와 지혜에게 벌인 끔찍한 짓의 결말을 확인하고 싶어 하는 자…….

"리퍼야. 그놈밖에 없어."

"선배, 진짜 죄송한데요, 정신 사나우니까 좀 앉아서 생각하면 안 돼요?"

조우리가 말했다. 나는 서성이던 걸 멈추고 조우리를 바라봤다. 그러고는 새삼 거실을 둘러봤다. 정말로 정신이 사나운 건 조우리의 거실 풍경이었다. 이 좁은 공간에는 각기 다른 크기의 택배 박스가 피사의 사탑처럼 쌓여 관광객이 몰려들기만 기다리고 있었다. 뜯지 않은 게 그 정도였고 이미 뜯은 박스 수도 상당했다. 속을 다 내보인 채 열린 박스 안에는 아이돌 그룹 굿즈로 짐작되는 물건들이 그대로 들어 있었다. 그것만이 아니었다. 이미 빨래 걸이로 사용 중인 실내 자전거와 커다란 컴퓨터 책상도 자리를 차지하고 있었다. 벽과 책상은 더 정신없었다. 벽에는 아이돌 브로마이드니 일러스트가 잔뜩 붙어 있었고, 책상은 크고 작은 피규어가 점령한 상태였다. 내가 유일하게 알아볼 수 있는 건 드라마 〈X 파일〉의 포스터뿐이었다. 포스터에는 그 유명한 'I Want to Believe'라는 문구가 적혀 있었다. 앉는 용도로 사용 가능한 건 작은 소파뿐이었지만 거기엔 이미 수십 권의 만화책이 널브러져 있었다.

"어디에 앉으라는 거야?"

결국 나는 그렇게 물었다. 조우리는 목 받침까지 있는, 피시방에서나 쓸 법한 의자에 앉아 모니터를 노려보는 중이었다. 그러면서 건성으로 대답했다.

"소파 있잖아요. 만화책 바닥에 내리고 거기 앉아요. 어차피 잠도 거기서 자야 하니까."

조우리의 집은 방 하나에 거실 겸 주방이 하나, 그리고 화장실이 하나였다. 군손님인 내가 하나뿐인 방을 차지할 수는 없었다. 나는 다른 말 하지 않고 만화책을 차곡차곡 모아 거실 한구석에 쌓았다. 그러곤 소파

에 앉았다. 삐걱거리는 소리와 함께 곱게 쌓인 먼지가
나를 맞이했다.

우리는 리퍼의 아지트에서 증거물이 될 만한 걸 모
조리 들고 마티즈에 실은 다음 이곳으로 왔다. 그 후
한 시간 정도가 지났다. 현관에는 리퍼의 물건들이 쌓
여 있었다. 노트, 도면, 그리고 컴퓨터 본체. 그것들
을 당장 살펴보지 않은 건 생각을 정리하기 위해서였
다. 게다가 내게는 슬픔을 삭일 시간도 필요했다. 분노
를 가라앉힐 시간도. 둘의 무게를 견디려면 자꾸만 차
오르는 어두운 감정을 덜어내야 했고, 그랬기에 수다
를 떨 수밖에 없었다. 머리를 쥐어짜며 추리하거나 아
니면 질질 짜며 분노를 토해내거나. 두 가지 선택지 중
나는 전자를 택했다.

"아무튼, 리퍼가 누구의 몸으로 환생했는지 그걸 알
아내야 해."

그렇다. 그게 제일 중요한 일이었다. 모든 가정과 추
리가 하나의 진실을 가리킨다고 한다면, 그 진실에 따
른 행동 지침 역시 하나일 수밖에 없었다. 적어도 내가

배우고 경험하기로는 그랬다.

"선배 말에 나도 동의해요. 하지만 지금 더 급한 게 뭔지 알아요?"

조우리는 질문을 하며 의자에서 일어났다. 나는 고개를 저었다. 가볍게 한숨을 쉰 후 조우리가 말을 이었다.

"선배 안전이에요. 선배는 지금…… 우필호라고요. 하아. 말하고 보니 또 어색하네. 아무튼, 경찰들이 우필호 잡으려고 난리예요. 기사도 줄줄이 뜨고 있고. 그러니까 절대 혼자 어디 돌아다니면 안 돼요. 알겠죠?"

"그럴 거라 생각했어."

상황은 내가 예상한 대로 흘러가고 있었다. 아무런 증거도 확보하지 못한 채로 경찰과 리퍼라 추정되는 인물이 죽었다. 그것도 번개를 맞는 아주 극적이고 화려한 모양새로. 언론에서 물고, 뜯고, 씹기 딱 좋은 사건이었다. 이 상황을 조금이라도 모면하려면 사람들의 관심사를 다른 곳으로 돌려야 한다. 영안실에서 탈출한 살인 용의자라면, 특히 그 인물이 사적 복수로 이

목을 끈 자라면 꽤 괜찮은 소재가 될 터였다. 지금쯤 경찰 쪽에서는 우필호가 매우 위험한 인물이라는 식으로 몰아가는 중이리라.

"일단 출근해서 상황을 살필게요. 그동안 잠도 좀 자고 배도 채우고 그래요. 먹을 거라곤 컵라면뿐이지만. 참! 컴퓨터는 마음대로 써도 되는데 아무 폴더나 막 열어보고 그러진 마세요."

꽤 진지한 표정으로 말하는 조우리를 향해 나는 고개를 끄덕여 보였다.

"알았어. 나 지금 남의 사생활에 신경 쓸 여유 없으니까 걱정하지 마."

"선배, 그런데 정말 이게 최선일까요?"

조우리가 뭘 걱정하는지 나도 잘 알았다. 자기한테 맡기는 게 제일 좋지 않겠느냐고, 조우리는 리퍼의 창고에서 출발하기 전 넌지시 물었다. 그 말은 곧 경찰이 개입한다는 뜻이었다. 그러면 창고를 샅샅이 뒤져 리퍼에 대한 훨씬 많은 정보를 얻을 테고……. 하지만 딱 거기까지였다.

"물론 경찰의 도움을 받으면 좋겠지. 그런데 그 과정이 과연 순조로울까? 내가 우필호의 몸으로 환생했는지 아닌지 그 진위를 따지는 데만 며칠, 아니 몇 주는 걸릴걸. 잘 알잖아? 근거가 없으면 경찰은 절대 움직이지 않는다는 거. 그사이에 리퍼는 우리가 알지도 못하는 또 다른 누군가의 몸속에서 편하게 지내겠지. 그리고 아내와 지혜는 어딘가에서 썩어갈 거고. 나는······ 나는, 그 생각을 하면 도저히 참을 수 없어."

내 말을 듣던 조우리는 어쩔 수 없다는 듯 한숨을 쉬었다.

"무슨 말인지는 알겠는데, 찜찜해서 그래요. 찜찜해서."

"뭐가?"

"모든 게 다. 사실 지금도 완전히 믿기는 힘들어요. 해장국 먹다가 졸지에 판타지만화 속으로 빨려 들어간 느낌이에요. 도무지 다음이 예측이 안 되니 찜찜하잖아요. 선배가 그랬죠? 변수를 하나씩 줄여나가는 과정이 수사라고. 근데 지금은 우라질 변수가 많아도 너무 많잖아요. 아무튼 다녀올게요."

조우리는 한바탕 쏟아낸 후 현관으로 향했다.

"조심해서 다녀와. 난 꼼짝 않고 여기 있을 테니."

나를 향해 손을 들어 보인 조우리는 현관문을 열려다가 말고 고개를 돌렸다. 그러고는 폴더 이야기를 할 때보다 더 진지한 표정으로 말했다.

"컵라면 중에 김치사발면은 절대 건드리지 마요. 그건 내 거니까. 그거 허락 없이 먹으면 쫓아낼 거예요!"

강력계 형사는 무시무시한 경고를 남긴 채 출근했다. 다행이었다. 나는 육개장사발면을 더 좋아하니까.

그런 실없는 생각을 하는데 아무런 예고도 없이 눈물 한 줄기가 뺨을 타고 흘러내렸다. 주인 없는 집에서 나는 조금 울었다. 아주, 조금.

속에 뜨끈한 라면 국물이 들어가니 살 것 같았다. 나는 육개장사발면을 남김없이 싹 다 비운 후 리퍼가 남긴 증거물로 향했다. 멍하니 쉴 시간이 없었다. 충분히 울고, 충분히 먹었다. 이제는 본격적으로 일을 해야 할 때였다.

먼저 놈이 남긴 도면을 살폈다. 공학에는 문외한이었지만 적어도 두 가지 사실은 알 수 있었다. 도면은 지금껏 리퍼가 고안한 살인 기계장치의 설계도였다. 내 기억 속의 사건 현장과 일치했다. 또 하나, 과거에서 최근으로 넘어올수록 설계가 훨씬 복잡하고 정교해졌다. 그 점 역시 사건이 증명하고 있었다. 즉, 리퍼는 점점 진화한 것이다.

나는 도면을 살피다가 뭔가가 이상하다는 걸 깨달았다. 리퍼가 공식적으로 저지른 살인은 스물한 건이었고 도면 역시 딱 그만큼 있었다. 그렇다면…… 한 장이 모자란다는 뜻이었다. 아내와 지혜를 죽인 잔인한 염산 샤워기의 설계도는 아무리 찾아도 없었다. 리퍼가 그 장치만 설계도 없이 대충 만들었을 것 같지는 않았다. 그렇다면 가능성은 하나였다.

리퍼가 환생 후 창고에 들렀을 때 가져간 걸까?

혹시나 해서 노트도 뒤졌다. 노트는 다섯 권이었고 모두 같은 제품이었다. 검은색 표지에 내지에는 줄이 없었다. 리퍼는 정자체로 기록을 남겼다. 글씨 크기도 일정했고 무엇보다 일정한 줄 간격을 유지한 채 써 내려간 게 눈길을 끌었다.

놈이 노트 다섯 권을 빽빽하게 채울 정도로 쓰고 또 쓴 건 살인 계획서였다. 누구를 언제 어디서 어떤 식으로 죽일지에 대한 아이디어가 보기에도 섬뜩할 정도로 잘 정리돼 있었다. 준비물은 뭐가 필요하고 무엇을 주의해야 하는가 따위도 꼼꼼하게 적어놓았다. 아무것도 모르는 사람이 봤다면 추리소설가의 습작 노트가 아닌가 할 정도로 기상천외하고 잔인하기 그지없는 아이디어들이었지만 리퍼는 이 계획을 하나씩 착실히 수행해나갔다. 나는 놈이 남긴 메모에서 어떠한 인간미도 읽을 수 없었다. 볼펜 잉크가 번진 흔적조차 찾아볼 수 없었고 심지어는 잘못 썼다가 지운 부분도 없었다.

하지만 이번에도 이상한 점은 있었다.

다섯 권의 노트에 담긴 살인 아이디어는 모두 스무 개였다. 아내와 지혜를 빼더라도 스물한 번째 사건에 관한 기록은 어디에도 없었다. 두 사람의 죽음까지 포함한다면 사건 두 개의 기록이 빠져 있는 것이다.

나는 펼쳐놓은 도면과 노트를 번갈아 봤다. 이번에도 비슷한 가능성이 떠올랐다. 노트는 적어도 한 권이더 있었다. 거기에는 당연히 아직 실현에 옮기지 않은 아이디어들도 들어 있었을 것이다. 리퍼는 그것들을 들고 사라졌다. 도면과 함께.

이유는?

그 이유를 추측하는 데는 굳이 프로파일링까지 동원할 필요도 없었다. 리퍼, 그러니까 환생한 조영재는 살인을 멈출 생각이 없다. 그러니 위험을 무릅쓰고 자신의 아지트이자 작업실이자 공장을 찾았으리라. 그리고 또 하나, 놈은 나보다 훨씬 나은 환경에서 환생했다. 적어도 나처럼 쫓기는 신세로 환생한 건 아니라는 소리다.

"젠장."

나도 모르게 중얼거렸다. 이럴 때는 평소에 심한 욕을 사용하지 않았던 게 후회된다. '젠장' 정도로는 내 안에 차오르는 분노를 다 표현할 길이 없는데……

도면과 노트를 옆으로 밀어놓고 소파에 머리를 기댔다. 문득 한 가지가 궁금했고, 그 궁금증은 이내 머릿속을 가득 채웠다.

리퍼 역시 내가 환생했다는 걸 눈치챘을까?

내가 리퍼라면 어땠을까? 처음에는 어리둥절했겠지만 나중에는 되살아났다는 사실에 안도했겠지. 계속 살인하며 악마로 군림할 수 있다는 걸 알고 기뻐했으리라. 그런 뒤에는…… 아마 나와 같은 가능성을 떠올렸을 것이다. 자신이 환생했으니 같은 상황이 또 벌어졌을지도 모른다는 가능성.

그렇다면…… 놈은 나를 찾고 싶어 할까?

그 질문에는 쉽게 답을 내릴 수 없었다.

2

이번에도 흑백 꿈이었다. 명멸하는 조명 속에서 수십 명의 남녀가 뒤엉켜 춤을 추고 있었다. 그 사람들을 헤치고 복도로 들어섰다. 한쪽 벽면에 룸이 죽 늘어서 있었다. 그중 한 곳의 문을 열고 안으로 들어갔다. 넓은 공간에 여섯 명이 앉아 술을 퍼마시는 중이었다. 셋은 남자고, 나머지 셋은 여자였다. 남자 한 명이 양주 병을 거꾸로 쥐고 다가왔다. 이미 만취한 듯 비틀거렸다. 남자가 양주 병을 휘둘렀지만 허공을 때렸을 뿐이다. 나는 어느새 칼을 쥐고 있었다. 잘 벼린 회칼이었다. 그걸로 남자의 배를 찔렀다. 남자가 나를 향해 기대 오며 고통에 찬 표정을 지었다. 그러면서도 귓가에 대고 속삭이는 건 잊지 않았다.

"네 동생 맛있더라……."

눈을 떴다. 흑백이기는 했지만 너무나 생생한 꿈이었다. 남자의 배를 찌를 때 느꼈던 이물감이 손바닥에 머물러 있었다. 나는 우필호의 큰 손바닥과 가늘고 긴 손가락을 내려다봤다. 묘한 기분이었다. 내가 우필호 꿈을 꾼 것인지, 우필호가 내 꿈을 꾸고 있는 것인지 헷갈렸다.

"깼어요?"

고개를 드니 조우리가 컴퓨터 의자에 앉아서 나를 돌아보고 있었다.

"퇴근한 거야? 지금 몇 시지?"

소파에 앉아 잠시 머리를 기댔다 싶었는데 나도 모르게 잠에 빠진 모양이었다. 거실 창문으로는 아직 햇살이 들어오고 있었다.

"이제 오후 4시 좀 지났어요. 난 탐문한다고 나와서 바로 돌아온 거예요. 곤히 자고 있길래 안 깨웠어요."

조우리가 말했다.

"그래. 고마워. 눈 좀 붙였더니 머리가 한결 맑다."

정말로 그랬다. 4시라고 하면 못해도 두 시간 이상은 푹 자고 일어난 셈이었다. 내 정신도, 우필호의 몸 자체도 지독히 피곤한 상태였는데 덕분에 개운했다. 나는 마른세수를 했다. 조우리가 그런 내 모습을 물끄러미 보다가 입을 열었다.

"우필호에 대해 좀 디테일하게 알아 왔어요. 궁금해할 것 같아서."

"안 그래도 꿈을 꿨어."

"무슨 꿈이요?"

"우필호가 살인하는 꿈."

나는 꿈 내용을 이야기해줬다. 곰곰이 듣고 있던 조우리는 내 말이 끝나자 휴대전화를 꺼내 들고는 사진 한 장을 보여줬다.

"우필호가 칼로 찔렀다는 남자, 이렇게 생겼죠?"

맞았다. 둘은 같은 인물이었다. 나는 남자의 얼굴을 새삼 유심히 들여다봤다. 가늘고 예리한 눈매에 입술까지 얇아서 전체적으로 날카롭고 비열한 분위기를 풍겼다. 포마드를 발라서 넘긴 게 분명한 헤어스타일과 성긴 콧수염도 안 좋은 인상을 한몫 거들었다.

"맞아. 이자가 죽은 장 모 씨인 거지?"

내 말에 조우리는 고개를 끄덕였다.

"네. 이름은 장기현. 직업은 딱히 없었는데 집안이 빵빵해 이태원 클럽에서 돈을 물 쓰듯 쓰고 다녔던 걸로 유명했대요. 필로폰으로 집행유예를 한 번 받았고, 강간치상 전과도 있어요. 물론 이쪽도 집행유예지만.

딱 봐도 양아치처럼 생겼잖아요. 관상 어디 안 가요."

"필로폰은 초범이면 그렇다 쳐도 강간치상인데 집행유예라고?"

"피해자와 합의를 했고, 또 그 피해자가 탄원서까지 써줬다고 해요. 처벌을 원치 않는다고. 뭐, 호화 변호인단이 변호를 맡았을 거고 돈도 꽤 많이 썼겠죠."

"어느 정도 집안이길래 그래?"

"이름만 대면 누구나 아는 유명 제약회사 대표의 아들. 아빠가 유학까지 보냈는데 돌아와서는 사고만 치고 다닌 거죠. 그러다가 이번 사건에 연루된 거예요. 우필호의 동생, 우지희 씨 강간 살해 사건이요. 어떤 건지 느낌 팍팍 오죠?"

느낌이 오는 정도가 아니었다. 구린 냄새가 진동했다. 이른바 아빠 찬스로 두 번이나 교도소행을 면한 인간이 세 번째 사건을 저질렀다. 그리고 이번에는 아예 무죄로 풀려났다. 그것도 증거 불충분으로.

"정말로 무죄인 거야?"

"법원의 판결대로라면 그렇죠. 다만 납득하기 힘든

점이 한두 가지가 아니긴 해요. 수사 자료 복사해 왔으니까 나중에 한번 읽어봐요. 여기 올려놨어요."

조우리는 책상 위의 서류 뭉치를 가리켰다.

"알았어. 그럼 우필호에 대해 말해줘. 뭐든 좋으니까 알아 온 건 하나도 빼놓지 말고."

"좋아요. 근데 뭘 좀 먹으면서 이야기하면 어때요? 제가 도시락 사 왔거든요."

"그러지. 마침 나도 출출했거든. 컵라면 하나로는 아무래도 부족했나 봐."

"그럴 줄 알았어요."

그렇게 말하며 조우리는 내게 도시락 상자를 내밀었다. 각종 반찬이 꽤 푸짐하게 들어 있는 소불고기 도시락이었다. 편의점에서 파는 게 아니었다.

"어쩐 일로 이렇게 좋은 도시락을 사 왔어? 원래 편의점파잖아."

내가 물으니 조우리는 어깨를 으쓱했다.

"선배가 워낙 고급 입맛이잖아요. 몸은 바뀌어도 입맛은 그대로겠지 싶었어요."

"고마워."

나는 진심을 담아 말했다.

"어휴. 닭살 돋게 쓸데없이 진지한 건 환생을 해도 똑같네요, 똑같아. 아무튼 먹으면서 잘 들어요. 우필호 는 요리사였어요. 일식 요리사."

28세. 직업은 일식 요리사. 홍대 유명 초밥 체인점에 서 근무. 주거지는 상암동. 동거인은 여동생. 부모님은 두 분 다 사망. 전과 없음, 범죄 전력 역시 없음.

우필호는 열심히 살아가는 평범하디평범한 젊은이 그 자체였다. 육군 일반 사병으로 복무 중 부모님 두 분이 교통사고로 돌아가신 걸 빼면 인생에 크나큰 사 건도 없었다. 우필호는 전역 후 대학교를 자퇴하고 바 로 일식집 주방 보조 일을 시작했다. 자신보다 다섯 살 어린 여동생 우지희를 돌보기 위해서. 졸지에 가장 이 된 우필호는 열심히 일하고 공부해 3년 만에 일식 조리사 자격증을 취득했고 동생을 대학에까지 보냈다. 그 3년 동안 우필호는 하루에 네 시간씩만 자며 일식

집 일과 편의점 아르바이트를 병행했다. 동생 우지희는 공부를 잘해 명문대에 입학했고, 과외를 하면서 오빠를 도와 생계를 꾸렸다. 덕분에 두 사람의 생활은 차츰 안정됐다. 우필호는 수년간 여러 식당을 돌며 기술을 연마했고 최종 목표는 자신만의 작은 가게를 장만하는 것이었다.

"그런데 사건이 터진 거죠."

조우리는 우물거리며 말을 이었다.

우지희가 끔찍하게 죽은 건 6개월 전의 일이었다. 졸업 후 학원에서 영어를 가르치던 우지희는 토요일인 사건 당일에 친구와 만나고 오겠다며 우필호에게 메시지를 보냈다. 그날 밤, 퇴근한 우필호가 동생에게 연락했지만 닿지 않았다. 그때가 밤 11시였다. 걱정이 됐던 우필호는 동생 친구의 번호를 어렵사리 알아내 바로 전화했다. 친구는 우지희와 이태원의 한 클럽에 갔다가 자신은 몸이 안 좋아 먼저 돌아왔다고 이야기했다. 우필호는 곧장 그 클럽으로 향했고 관계자에게 CCTV를 보여달라고 요청했지만 거절당했다.

"그 시점에 경찰에 신고했지만…… 아시죠? 이런 건에 대해 경찰이 어떤 식으로 대응하는지."

조우리가 무슨 말을 하는지 나 역시 잘 알았다. 성인 여성이 단 몇 시간 연락되지 않는다고 경찰이 움직이지는 않는다. 그것도 자진해서 클럽에 갔다. 일선 경찰로서는 기다려보라는 말밖에 하지 못했으리라.

하지만 오빠인 우필호의 생각은 달랐다. 우지희는 맥주 두 잔만 마셔도 얼굴이 벌게질 정도로 술에 약했다. 그날 클럽에 간 것도 친구가 원했기 때문이었다. 그런데 친구 없이 혼자 클럽에서 놀 리가 없었다. 친구의 말에 의하면 우지희는 자신을 먼저 택시에 태워 보내면서 클럽에 휴대전화를 놓고 온 것 같으니 그것만 찾아 집으로 가겠다고 했다.

우필호는 클럽에 동생이 없다는 걸 확인한 후부터 이태원 일대를 계속 뒤졌다. 그러다가 결국 으슥한 곳에 위치한 공중화장실에서 죽은 우지희를 발견했다. 우필호는 신고를 한 후 화장실 밖으로 나왔는데 마침 그 순간에 어떤 남자와 눈이 딱 마주쳤다. 그자는 다

짜고짜 도망치기 시작했다. 직감적으로 이상하다고 느
낀 우필호는 추격 끝에 그 남자를 잡았다.

"그 새끼가 바로 장기현이었어요."

조우리는 그 말과 함께 젓가락을 내려놓았다.

"우필호 입장에서는 장기현이 범인이라 생각할 수밖
에 없었겠군."

"그렇다니까요! 하지만 장기현은 구속이 안 되고 풀
려났어요. 그때는 이렇다 할 증거도 없었거든요. 장기
현 본인도 그냥 화장실 옆을 지나던 길에 우필호가 달
려와 놀라서 도망쳤을 뿐이라고 말했고요. 장기현이
참고인에서 용의자로 전환된 건 부검 결과가 나오고
난 다음이었어요. 우지희 체내에서 장기현의 정액이
검출되었거든요."

부검 결과가 나오기까지는 아무리 빨라도 하루 이상
걸린다. 증거를 없애거나 알라바이를 만들거나 그럴싸한
거짓말을 떠올리기에는 충분한 시간이다. 게다가…….

"정액만으로는 결정적인 증거가 안 되었을 거야."

"맞아요. 장기현은 클럽에서 서로 합의하에 성관계

를 했다고 증언했어요. 강간도 아니었고, 살인과는 아
예 무관하다고 일관된 주장을 했는데 경찰도 그렇고
검찰도 그렇고 그걸 깰 만한 결정적 증거를 찾지 못했
어요. 우지희의 손톱 밑에는 누군가의 살점이 박혀 있
었어요. 저항을 하며 범인에게 상처를 냈다는 건데 정
작 장기현 몸에는 그런 흔적이 없었던 것도 무죄 판결
을 내리는 데 큰 몫을 했다고 해요."

"하지만 우필호는 납득하지 못했지."

"네, 그래서 복수를 했죠."

나는 꿈에서 본 장면을 다시 떠올렸다. 장기현의 배
를 찌른 칼은 우필호 본인 것이었으리라. 우필호가 느
낀 감정은 후련함도, 성취감도 아니었다. 내가, 아니 우
필호가 장기현을 찌른 뒤 품었던 마음은 너무나 선명
한 분노였다.

"우필호는 자수했어. 그러면서 동생을 죽인 일당에
게 복수했다고 말했지. 그건 무슨 의미일까?"

내 물음에 조우리는 고개를 저었다.

"자수 후에 우필호가 어떤 진술을 했는지는 저도

몰라요. 그건 수사가 진행 중이라 정보를 빼내기 힘들더라고요. 더군다나 상황이 상황이라……."

조우리는 말끝을 흐리며 나를 가리켰다. 그럴 것이다. 우필호의 도주는 구치소는 물론 경찰과 해당 병원까지 연관된 복잡한 사건이 되어버렸다. 서로 책임을 떠넘기기 바쁠 테고 그 탓에 관계자들은 다들 신경을 곤두세우고 있을 것이다. 그중 진실을 아는 사람은 아무도 없다. 아니, 진실은커녕 비슷한 가설조차 세운 사람이 없을 거라고 나는 확신했다.

"결국 원점이군."

내가 말했다.

"네. 우필호가 선배, 아니 선배가 우필호…… 어휴, 헷갈려! 아무튼 지금 선배가 처한 상황을 납득시킬 수 없다면 결국 원점이에요."

"그렇다면 역시 답은 하나야."

"뭔데요?"

"리퍼를 잡는 거지."

"어떻게요? 완전 맨땅에 헤딩하기잖아요."

"꼭 그렇지만은 않아. 놈도 분명 나처럼 죽었다가 살아난 누군가의 몸으로 환생했을 거야. 어젯밤에 그런 경우가 또 있었는지를 조사해보면 범위를 상당히 좁힐 수 있지 않을까?"

"음…… 일리 있는 말인데, 그래서 그다음은요? 리퍼를 잡고 난 다음."

"그다음은…… 그때 가서 생각하자고."

조우리가 답답하다는 표정으로 무슨 말인가를 하려고 할 때 휴대전화가 울렸다. 조우리는 발신자를 확인하더니 곧장 전화를 받았다. 입 모양으로 '팀장'이라고 말하며.

"네, 팀장님. 안 그래도 지금 돌아다니고 있는데요, 진짜 존나 더워서……."

나는 조우리가 팀장과 통화하는 사이 책상 위의 서류를 뒤적였다. '이태원 보복 살인 사건 조사 자료'라는 제목이 적힌 첫 장을 넘기자 흑백으로 복사된 사진이 눈에 들어왔다. 우필호였다. 다음 장에는 살해된 장기현의 사진이 있었다. 조우리가 보여준 것과 같은 사진이었다. 세 번째 장은 낯선 여자 사진이었지만 나는 그가 누군지 바로 알아봤다. 우지희였다. 오빠와 무척 닮은 얼굴이었다.

나라면…… 내가 진짜 우필호였다면 어떻게 했을까?

문득 그런 질문이 떠올랐다. 질문에 대한 답은 멀리서 찾을 필요가 없었다. 바로 어제, 나는 이성을 잃고 리퍼를 직접 죽이려 했으니까.

"뭐요?"

조우리의 목소리가 커졌다. 나는 고개를 돌렸다. 조우리의 구겨진 미간과 딱딱하게 굳은 표정만 봐도 심각한 일이 생겼다는 걸 알 수 있었다.

"알겠습니다. 네. 바로 갈게요."

전화를 끊은 조우리는 나를 바라봤다.

"무슨 일이야?"

내가 물었다.

"아내분과 따님을 찾았대요. 그런데…… 발견된 장소가 선배 집이에요."

3

위험을 감수할 필요는 없었다. 당연한 일이었다. 리퍼가 함정을 파놓았다는 건 명백한 사실이었다. 내 몸을 관통한 번개보다 더 반짝이고 선명해 놈의 시커먼 속이 훤히 들여다보일 정도였다. 리퍼 역시 궁금했던 것이다. 내가 환생을 했는지 안 했는지. 그걸 알아보기 위해 선택한 방법이 아내와 지혜의 시체를 내 집에 옮겨 놓는 것이었다. 놈은 알고 있었다. 내가 환생을 했다면 어떤 식으로든 반응하리라는 걸.

"아니, 진짜 답답해죽겠네. 그걸 알면서 왜 굳이 가려는 거예요?"

조우리는 흥분할수록 운전이 거칠어졌다. 지금은 거의 차선 두 개를 문 채 달리고 있었다.

"놈이 두 사람을 가지고 마음대로 장난을 치니까!"

나는 마티즈 뒷좌석에 구겨진 박스처럼 몸을 숨긴 채 앉아 있었다. 실제로도 잡동사니가 많아 제대로 엉덩이를 붙이고 앉기 힘들었다. 그런 상태로 화를 내기란 좀처럼 쉽지 않았다. 그럼에도 나는 분노를 참을 수 없었고 결국 소리를 지르고 말았다.

"아, 알겠어요. 선배가 어떤 마음일지. 하지만 무작정 간다고 해서 할 수 있는 게 없잖아요. 안 그래요?"

조우리는 달래는 투로 말했다. 마티즈는 어느새 강남으로 들어섰다. 기막힌 운전 솜씨 덕분에 벌써 집과 가까워지고 있었다. 뭉텅뭉텅 줄어나가는 거리에 반비례해 내 이성의 끈은 점점 가늘게 늘어났다. 결국에는 끊어질 것 같았다. 나는 아슬아슬할 정도로 늘어난 그 끈을 간신히 부여잡고 조금씩 당겼다. 그러면서 생각이라는 걸 했다.

"리퍼는 현장에 있을지도 몰라. 분명히…… 그럴 거야. 그래야 이 짓을 한 목적을 달성할 수 있거든. 구경꾼들 틈에 섞여서 지켜보고 있겠지. 내가 나타나길 기다리면서."

"아니, 애초에 그게 말이 안 되잖아요! 지금 현장으로 가는 건 경찰들뿐이라고요. 설마…… 리퍼는 선배가 경찰로 환생했을 거라 생각한다는 거예요?"

"거기까지는 모르겠어. 다만 이런 가정 정도는 하지 않았을까? 최승재가 환생을 했다면 어떤 식으로든 경찰에 자기 존재를 알리고 협조하고 있을 거라고."

물론 마음에 걸리는 게 없는 건 아니었다. 조우리도 그 사실을 지적했다.

"선배가 아까 말했잖아요. 리퍼 역시 한 번 죽었던 사람 몸으로 환생했을 거라고. 그렇다면 놈도 똑같이 생각할 수 있지 않을까요? 어제 죽었다가 살아난 사람이 최승재일 거라고. 그리고 현시점에서 그런 사례로 제일 유명세를 떨치고 있는 건……."

"맞아. 우필호지."

"그러니까요! 놈도 충분히 짐작할 수 있을 텐데 왜 이런 짓까지 벌인 건지 모르겠어요. 하긴, 미친놈 생각을 다 꿰뚫는 게 애초에 불가능하긴 하지만."

나는 투덜거리는 조우리를 향해 찬찬히 생각을 정리하며 말했다.

"리퍼는 아마 50퍼센트의 확률로 도박을 했을 거야. 내가 환생해서 경찰에 협조 중이라면 분명 현장에 나타날 테고, 우필호라면 그렇게는 못 할 거니까. 어느 쪽이든 범위를 좁힐 수 있으니 놈에게는 손해가 아니지."

"선배 말대로라면 더럽게 똑똑한 놈이네요. 그래도 우필호이면서 동시에 경찰과 밀접하게 정보를 주고받는다는 건 짐작도 못 하겠지만."

조우리는 그렇게 중얼거리며 핸들을 꺾었다. 무사히 우회전을 했으니 이제 우리 집까지는 채 4킬로미터도 남지 않았다. 나는 빠르게 말했다.

"어쨌든 리퍼는 내 귀에 소식이 들어갈 가능성을 고려했을 거야. 그러면 내가 경찰들과 함께 달려올 거고, 자긴 그걸 지켜본다는 계산이었겠지. 가장 크게 감정을 드러내는 자가 바로 최승재일 테니까."

바로 지금의 내가 그렇듯이.

"근데 모든 게 다 가정일 뿐이잖아요. 선배가 환생을 안 했을 수도 있고, 했더라도 경찰과 상관없이 혼자 움직일 수도 있는데……."

"리퍼도 확신하진 못할 거야. 다만, 두 사람을 가지고 실험을 해보면 재미있겠다고 생각했을 테지."

그 사실이 나를 더욱 화나게 했다.

"진짜 개새끼네."

조우리가 말했다. 그사이 아파트로 진입했다. 입구에서부터 경찰들이 지키고 있었다. 조우리는 경광등을 꺼내 마티즈 지붕에 달았다. 내가 몇 동에 사는지 굳이 가르쳐줄 필요도 없었다. 마라톤 결승점처럼 705동 주위로 사람들이 길게 늘어서 있었으니까. 그리고 그 앞에는 다른 경광등들이 번쩍이는 중이었다.

"멀찌감치 세워줘. 나는 차 안에서 저 구경꾼들을 살펴볼 테니까."

"하, 미치겠네. 이게 맞는 일인지 모르겠어요!"

조우리는 차를 세우고는 자기 머리를 벅벅 긁었다. 미안한 일이지만, 나 역시 맞는 일인지 확신할 수 없었다. 내가 머릿속에 떠올린 생각은 추리보다는 추측에 가까웠고 그마저도 분노를 서너 국자나 마구 집어넣은, 이성이 마비된 가설이었다.

"현장 사진 최대한 많이 찍어 와줘."

결국 내가 할 수 있는 말은 그것밖에 없었다.

"알았으니까 차 안에 꼼짝 말고 있어야 해요, 우필호 씨."

조우리는 그 말과 함께 차에서 내렸다. 나는 조우리가 제복 경찰관의 안내를 받으며 들어가는 걸 보다가 구경꾼들 쪽으로 고개를 돌렸다. 대부분 평범해 보이는 사람들이었다. 호기심을 이기지 못해 나온 아파트 주민들. 휴대전화로 사진을 찍는 사람도 많았다. 이제는 사건 현장 어디에서나 볼 수 있는 풍경이 되었다. 그들 중 악마가 환생한 것처럼 보이는 이는 없었다. 적어도 겉으로는 그랬다.

나는 일부러 집은 보지 않았다. 잠시라도 그곳에 시선을 뒀다가는 감정을 주체하지 못할 것 같았다. 아내와 지혜가 있다는 사실을 떠올리는 것만으로도 심장이 아프도록 죄어왔다. 내 눈으로…… 최승재의 눈으로 두 사람을 한 번만 다시 볼 수 있다면…….

그때였다. 구경꾼 중 한 남자가 시선을 끌었다. 그는 휴대전화가 아니라 카메라를 들고 있었다. 나는 남자를 유심히 살폈다. 경찰이나 구급대원 등이 705동으로 들고 날 때마다 남자의 셔터 누르는 속도가 빨라졌다. 그것만이 아니었다. 어느 순간부터는 카메라 렌즈를 이리저리 움직이기만 할 뿐 사진을 찍지도 않았다. 그 모습을 본 순간 알아챘다.

동영상이다!

남자는 얼마간 더 촬영을 하다가 주머니에서 수첩과 볼펜을 꺼내 뭔가를 써 내려갔다. 그런 뒤 슬그머니 돌아섰다. 심장이 빠르게 뛰었다. 분명히 수상했다. 게다가 나처럼 모자를 푹 눌러쓰고 있었다. 남자는 놀이터를 가로질러 걸음을 옮겼다. 그 사실을 확인하자마자 차 문을 열었다. 이쪽을 보는 사람은 아무도 없었다. 나는 조용히 문을 닫고 남자 뒤를 밟기 시작했다.

남자는 잰걸음으로 놀이터를 빠져나가 702동 주차장 쪽으로 향했다. 거기에 차라도 세워둔 모양이었다.

저 남자가 리퍼일까?

뒷모습만으로는 알 수가 없었다. 남자는 170센티미터 정도의 키에 아주 마른 체형이었다. 옷차림은 특징

적이지 않았다. 체크무늬 셔츠에 청바지, 그리고 회색 운동화. 그랬기에 목에 건 카메라가 더 눈에 띄었다. 적어도 사이렌 소리에 호기심이 일어 잠깐 구경 나온 아파트 주민처럼 보이지는 않았다.

나는 거리를 더 좁혔다. 순간, 남자가 뒤를 돌아봤다. 시선이 얽혔다. 남자는 믿을 수 없다는 듯 눈을 껌벅이 더니 곧 카메라를 들어 올려 나를 찍으려 했다.

"찍지 마!"

내가 달려가자 남자는 뒷걸음질을 치며 화단으로 들어갔다. 그러면서 돌멩이라도 잘못 밟았는지 잠시 균형을 잃고 비틀댔다. 그 틈을 놓치지 않았다. 남자를 향해 몸을 날렸다.

"악!"

남자는 외마디 비명과 함께 쓰러졌다. 나도 남자 위로 뒹굴었다. 빠져나가려고 발버둥치는 남자의 옆구리에 그대로 주먹을 내질렀다. 그러고는 어깨를 잡고 돌려 눕혔다. 눈을 봐야 했다. 눈을 본다면 리퍼인지 아닌지 알아낼 수 있을 것 같았다.

"우, 우필호 씨, 제발 해치지 마세요!"

카메라를 꼭 끌어안은 채 남자는 더듬거리며 말했다. 벗겨진 모자 아래 드러난 마른 얼굴에는 잔주름이 많았다. 못해도 40대 후반은 훌쩍 넘은 것 같았다. 눈동자를 가득 채운 건 두려움이었다. 연기가 아니었다.

"너 누구야?"

나는 남자의 멱살을 잡고 물었다.

"유, 유, 유튜버……."

"뭐?"

"우필호 씨, 난 당신 편이에요. 내가 당신 사건 조사해서 유튜브에 올려놓은 영상도 있어요! 그러니까 제, 제발……."

"무슨 소릴 하는 거야?"

내가 멍하니 되물은 순간이었다. 남자가 내 가슴을 밀치며 아파트가 떠나가라 소리 질렀다.

"우필호다! 여기 우필호가 있다! 우필호가 날 죽이려고 한다!"

나는 벌떡 일어났다. 사람들이 새로운 구경거리를

찾아 모여들고 있었다. 705동 쪽에서 제복 경찰관 두 명이 다가오는 것도 보였다. 남자는 엉금엉금 기어 도망쳤다.

젠장. 실수했다.

그 생각이 머리를 스치는 것과 동시에 나는 달렸다. 화단을 뛰어넘어 아파트 입구 쪽으로 향했다. 조우리의 차로 돌아가는 건 불가능했다. 지금은 경찰에게 잡히지 않는 게 최선이었다. 모자를 더 깊이 썼다. 아파트의 아치형 정문이 보였다. 그 앞에 일렬로 늘어선 경찰은 내 기억대로 모두 넷이었다. 나는 달리는 걸 멈추고 걸으며 숨을 골랐다. 경찰들 옆을 지나갈 땐 살짝 고개를 숙였다. 무사히 아파트를 빠져나온 그때 뒤에서 삐빅, 하는 소리가 들렸다. 무전기 신호음이었다. 마침 신호가 바뀐 틈을 타 나는 아파트 앞 사거리를 건넜다.

"야! 거기 모자!"

경찰이 나를 불렀다. 다시 달렸다. 멀리서 사이렌이 울렸다. 경찰들이 쫓아온다는 건 돌아보지 않아도 알 수 있었다. 사이렌도 점점 가까워졌다. 횡단보도를 건너 상가 옆 골목으로 달려 들어갔다. 골목을 지나면 대로가 나온다. 거기서 인파 속으로 합류할 수만 있다면 추격을 따돌릴 가능성도 높아진다. 문제는……

"우필호."

바로 뒤까지 쫓아온 경찰들이었다.

"거기 서!"

도망자가 되어보니 알겠다. '거기 서'라는 말이 얼마나 무의미한지, 그럼에도 얼마나 위협적인지.

나는 눈에 보이는 모든 걸 쓰러뜨리며 달렸다. 골목 한쪽에 쌓아놓은 막걸리 박스와 대형 음식물 쓰레기통이 바닥에 뒹굴었다. 어떤 장애물에 걸린 건지는 몰라도 뒤에서 넘어지는 소리가 요란하게 났다. 덕분에 간격을 벌렸다고 생각하며 골목에서 튀어 나간 순간, 달려오던 배달 자전거와 부딪쳤다. 나는 무방비 상태에서 허벅지에 충격을 받고 나뒹굴었다. 자전거도 마찬가지였다. 넘어졌던 배달원이 벌떡 일어나 내게 다가왔다.

"괜찮으세요?"

"미안합니다."

튕기듯 일어나 배달원을 밀쳤다. 그러고는 쓰러진 자전거를 일으켜 세우고 거기에 올랐다.

"어어!"

당황한 배달원의 외침을 뒤로한 채 나는 힘껏 페달을 밟아 달려 나갔다. 사이렌은 계속 울려 퍼졌지만 아직 가까워지지는 않았다. 허벅지가 욱신거렸다. 손바닥에도 꽤 큰 상처가 생긴 것 같았다. 그럼에도······ 무사히 도망쳤다는 사실에 안도했다. 물론 치명적인 실수를 저지른 건 돌이킬 수 없었다.

리퍼는 이제 내가 우필호로 환생했다고 확신할 것이다.

반대로 나는 어떤 것도 확신할 수 없었다.

젠장.

4

"오는 동안 CCTV는 최대한 피했고 미행도 없었어. 물론 입구에서도 안 들켰고. 엄청 돌아오느라 밤이 되긴 했지만."

폭풍 같은 잔소리를 예상했지만 아니었다. 조우리는 돌아온 탕아를 맞이하듯 무심하게 한마디만 했다. 현관으로 들어서자마자 주절주절 늘어놓은 변명이 무색할 정도였다.

"고생했네요."

"그것뿐이야?"

"그럼 뭐라고 해요? 쌍욕이라도 박아줄까요? 내 속에서 끓어오르는 이 감정을 막 언어로 표현해볼까요, 네?"

나는 조우리가 욕에 있어서는 다양한 어휘를 구사할 수 있다는 걸 익히 알았기에 말없이 소파에 앉았다. 기다렸다는 듯 피곤이 몰려왔다. 온몸 구석구석 아프지 않은 곳이 없었다. 그래도 할 말은 해야 했다.

"미안하다. 내가 실수했어. 리퍼라고 생각했거든."

"기자인 척 속이고 사건 사고 현장마다 돌아다니면서 자극적인 이야기만 떠들어대는 유튜버였어요. 선배가 덮친 그 남자. 이름은 탐사대장인가 뭔가 그렇고. 혹시 무슨 건수 없을까 선배 집 근처에서 서성이다가 경찰들 몰려오고 하니까 사진이고 영상이고 막 찍어 댔던 거였어요. 그러다가 대박을 건진 거고."

조우리는 손가락으로 나를 가리켰다. 안 봐도 뻔했다. 지금쯤 유튜브는 물론이고 각종 커뮤니티마다 우필호 목격담이 올라와 있을 것이다. 내가 리퍼라고 오해했던 그 남자, 탐사대장은 덕분에 조회 수깨나 올렸을 테고.

"경찰은 어떤 입장이야?"

내가 묻자 조우리는 고개를 푹 숙였다.

"입장이고 뭐고 다들 당황한 상태죠. 왜 선배가 사는 아파트에서, 하필이면 오늘, 그것도 구경꾼이 그렇게 많은데 우필호가 나타난 건지 도무지 이해를 못 하겠다고 전부 그 말만 했어요. 강수대에서도 나왔거든요. 걔들 잘난 척 오지는 거 아시죠? 근데 다들 아무 말도 못 하고 멍 때리고 있더라고요. 나야 뭐, 이유를 아니까 아주 속이 시원했지. 하하. 속 시원하다. 하하!"

나는 체한 것 같은 표정으로 웃는 조우리를 향해 말했다.

"현장 사진 좀 보여줘."

"일단 씻어요. 지금 딱 경찰한테 쫓기는 살인 용의자 같은 꼴이거든요. 마트에서 제일 싼 걸로 새 옷도 사왔으니까 씻은 후에 갈아입고."

조우리의 말에 나는 토를 달지 않았다. 뜨거운 물줄기 아래 선다는 생각만으로도 기분이 조금 나아질 정도였으니까. 다만 너무나 궁금한 게 하나 있었다. 그 대답을 듣지 않고는 샤워를 해도 개운하지 않을 것 같았다. 나는 물었다.

"밑에 형사들은 왜 잠복 중인 거야?"

강남에서 조우리의 동네인 망원까지 멀고 먼 길을 걸어 빌라 앞에 도착한 순간, 나는 분노 표출 어휘에 심각한 한계를 느끼면서도 같은 단어를 떠올릴 수밖에 없었다.

젠장.

초록색 번호판을 단 소나타 한 대가 빌라 맞은편에 주차되어 있었다. 그곳은 거주자 우선 주차구역으로 내 기억으로는 검은색 SUV가 서 있던 자리였다. 그것만이 아니었다. 내가 아는 한 구형 소나타야말로 경찰들이 가장 선호하는 잠복 차량이었다. 게다가 운전석과 조수석에 나란히 남자 둘이 타고 있었다. 아무리 밤이라 해도 오늘은 밀회를 즐기기에는 너무 후덥지근한 날씨였다. 그것도 창문을 모두 닫아둔 채라면. 형사가 아닌 게 오히려 이상할 정도였다.

나는 빌라에서 대각선 쪽 골목에 붙어 서서 고개만 내민 채 한 번 더 주위를 살폈다. 다행인지 불행인지 잠복 차량은 한 대뿐이었다. 잠시 고민하다가 두 블록 뒤로 돌아가서 건물과 건물 사이의 좁은 길을 이용해 조우리의 집 뒤편으로 다가갔다. 내 기억대로 빌라 층계참 창문에는 방범 창살이 없었다. 잠겨 있지도 않았다. 그 창문 덕분에 경찰한테 쫓기는 살인 용의자 꼴을 하고서도 조우리 집에 도착할 수 있었다.

조우리는 별일 아니라는 듯 말했다.

"필요 없다고 그렇게 말했는데 잠복은 왜 해, 잠복은! 어휴."

"혹시 나 때문이야?"

나는 최악의 상황을 염려하며 물었다. 내가 조우리 차에서 내린 걸 본 누군가가 제보를 해서…….

"아뇨, 리퍼 때문인데요."

조우리는 예상외의 대답을 했다. 그러고는 반가운 친구에게 안부 전한 이야기라도 들려주는 것처럼 태연하게 덧붙였다.

"리퍼한테 한마디 했어요. 다음엔 날 한번 죽여보라고."

샤워를 해도 절대 개운해지지 않으리라는, 불길하지만 확실한 예감과 함께 나는 화장실로 향했다.

SNS를 달군 가장 뜨거운 사건은 우필호의 도주극이 아니었다. 기자들 앞에서 리퍼에게 선전포고한 형사가 오늘의 주인공이었다. 705동 공동 현관에 강남서 형사과 팀장이 등장하자 일순간 기자들이 모여들었다. 무슨 사건인지, 리퍼와 연관된 건지, 그렇다면 리퍼가 살아 있는지 등을 묻는 기자들 앞에서 팀장은 땀을 뻘뻘 흘리며 더듬거리기만 했다.

"에…… 그, 그것이…… 자세한 건 수사를 더 해봐야…… 그리고 이제 이 사건은 강력범죄수사대에서 맡게 됨으로써……."

조우리가 팀장을 밀치고 기자들 앞으로 불쑥 끼어든 건 바로 그때였다. 조우리는 미간을 잔뜩 찌푸린 특유의 표정으로 방송국 카메라를 향해, 아니 리퍼를 향해 외쳤다.

"리퍼 이 개새끼야, 네가 그렇게 잘났으면 어디 나도 한번 죽여봐! 죽여보라고! 나 강남서 형사과 조우리 경사다!"

조우리는 동료들에게 아파트 안으로 끌려 들어갈 때까지 각종 다양한 욕을 현란하게 구사했다. 내가 본 건 '전격 공개! 조우리 형사 원본 영상'이라는 제목이 붙은 거라 그런지 욕이 고스란히 다 들어 있었다. 그러고 보니 조우리는 발음도 좋았다.

"제발 무슨 계획이 있어서 이랬다고 말해줘."

나는 영상이 끝난 유튜브 화면을 멍하니 보며 조우리에게 말했다. 역시 내 예감이 정확했다. 구석구석 씻고 속옷이며 겉옷까지 싹 갈아입었지만 개운하기는커녕 말로 표현할 수 없는 찜찜함이 속 깊은 곳에서부터 올라왔다.

"계획은 없어요. 리퍼가 선배 집에 해놓은 거 보니까 하도 열 받아서 나도 모르게 그만……."

"나 대신에 화내준 건 고맙지만……."

이로써 사람들은 한 가지, 아니 두 가지 완벽한 오해를 하게 되었다. 리퍼가 버젓이 살아 있다는 오해, 프로파일러 최승재가 엉뚱한 사람과 죽었다는 오해. 오해는 혼란을 불러오고 혼란은 불안감을 자극한다. 그리고…… 불안감은 공포와 맞닿아 있다. 공포야말로 리퍼가 원하는 것이었다. 놈은 인간들이 공포에 떨길 원한다. 그걸 보고 희열을 느낀다. 지금쯤 리퍼는 낄낄대고 있을 것이다. 누군가의 몸속에서.

"이렇게 도발했으니까 리퍼도 가만히 있진 않겠죠?"

조우리가 물었다.

"그렇다고 덜컥 현직 경찰을 목표물로 삼진 않을 거야. 놈은 무모한 스타일이 아니거든. 꼼꼼하고 치밀하지. 오히려 우필호가 어떻게 되는지 지켜보겠지. 느긋하게 즐기면서."

우필호가 자신이 파놓은 함정 주위에서 어슬렁거리다 목격되었다는 사실을 안 순간, 리퍼는 모든 걸 꿰뚫어 봤으리라. 그러고는 마음껏 웃었으리라. 얄궂은 운명에 감사하면서.

"그래도 손해만 본 건 아니잖아요. 우리가 얻은 정보도 있으니."

"그렇지."

조우리의 말에 나는 고개를 끄덕였다.

"놈은 선배처럼 확실히 환생했고, 함정을 파놓을 정도로 여전히 대가리를 잘 굴리고, 시체를 옮길 수 있는 차를 가지고 있어요. 우리가 모르는 다른 아지트에서 강남까지 차로 이동했을 테니까요."

"하나 더 있어."

"어떤 거요?"

"리퍼는 분명 현장에 있었어. 내가 잘못 짚었을 뿐이지. 어딘가에서 다 지켜봤을 거야."

조우리는 고개를 끄덕이고는 손가락을 뚝뚝 꺾으며 말했다.

"같은 생각이에요. 지금 선배 아파트는 물론이고 근처 CCTV를 샅샅이 훑고 있거든요. 분명 뭔가 나올 거야."

"리퍼를 빨리 잡아야 해. 놈은 살인을 멈출 생각이 없거든."

이어서 나는 사라진 도면과 노트에 대해 이야기했다.

"좋아요. 지금 당장 수사 들어갑시다. 선배는 엄청 힘들 테니까 좀 쉬어요. 난 저 컴퓨터에 뭐가 들었나 확인할게요."

그렇게 말하는 조우리를 향해 물었다.

"현장 사진, 안 보여줘?"

"그러니까 그게…… 보여드리기가 참 그런 게……

선배 맘 아플까 봐……."

조우리답지 않게 말끝을 흐리는 것만 봐도 짐작할 수 있었다. 리퍼가 얼마나 끔찍한 짓을 저질러놓았을지.

"괜찮아. 괜찮으니까 보여줘."

손을 내밀었다. 조우리는 망설이다가 내게 휴대전화를 건네줬다. 나는 평정심을 잃지 않기를 빌며 조우리가 찍어 온 사진을 한 장, 한 장 확인했다.

지옥이 있었다.

그 안에, 그 사진들 안에.

나는 확신했다.

다시 죽을 때까지, 아니 죽어서도 이 장면들을 잊지 못하리라는 것을.

물론, 한 번 더 환생을 한다 해도…….

5

피곤했지만 잠은 안 왔다. 눈을 뜨면 분노가 차올랐

고, 눈을 감으면 슬픔이 밀려왔다. 그것들은 아득히 먼 과거에서 보내오는 신호였다. 오래전에 먼지가 되었지만 지금의 밤하늘에서는 더없이 반짝이는 별처럼, 분노와 슬픔은 실체도 없이 환하고 선명했다. 환생한 지 아직 이틀도 지나지 않았다는 사실이 믿기지 않았다. 너무 많은 일이, 너무 빠르게 지나갔다. 그사이 족히 몇 년은 흐른 것 같았다. 그럼에도 여전히 모든 게 낯설었다. 특히 새로운 몸에 아직 적응하지 못한 느낌이었다. 우필호의 신체와 내 영혼 사이에는 미묘하게나마 유격이 존재했다. 딱 들어맞지 않고 헐거웠다. 낮에 자전거를 타고 도망치면서 그걸 확실히 느꼈다. 다리는 내가 생각하는 것보다 반 박자 정도 느리게 움직였고 그랬기에 페달이 자꾸 헛돌았다.

시간이 지나면 해결되는 문제일까?

알 수 없었다. 괜히 생각만 많아졌다. 결국 나는 자는 걸 포기하고 소파에서 일어나 앉았다. 안방에서는 조우리의 코 고는 소리가 들렸다. 다행이었다. 둘 중 한 명은 충분히 쉬어야 힘을 내 싸울 수 있으니까.

리퍼의 컴퓨터에서는 놀랍도록 아무것도 나오지 않았다. 그야말로 텅 비어 있었다. CCTV 프로그램 외에는 설치된 게 없는 깡통 컴퓨터였다. 조우리는 그래도 뭔가 있지 않겠느냐며 끈질기게 뒤지다가 결국 두 손을 들었다.

"CCTV 말고 그나마 많이 실행한 게 뭔지 아세요? 지뢰 찾기 게임이에요, 지뢰 찾기. 하여간 사이코 새끼인 건 확실해요."

조우리의 말을 들으며 나는 살인 계획을 짜다가 막힐 때면 컴퓨터 앞에서 지뢰 찾기를 했을 리퍼의 모습을 떠올렸다. 놈은 에어컨이 마구 돌아가는, 시원하다 못해 추울 지경인 그 창고에 앉아 무심히 마우스를 클릭했으리라. 그러다가 또 아이디어가 떠오르면 단정한 글씨로 노트를 채워나갔을 테고. 섬뜩했다. 인간이 아닌 존재가 인간을 가장한 채 인간적인 일을 했다는 사실 자체가…….

나는 소파에서 일어나 컴퓨터 책상으로 향했다. 모니터는 켜져 있었다. 그 희뿌연 불빛에 의지해 우필호의 파일을 다시 뒤적였다. 동생의 복수를 위해 살인을 했고, 결국 비참하게 죽어간 이 남자와 나 사이의 틈을 메우려면 우필호를 더 이해할 필요가 있을 것 같았다.

수십 장의 서류에는 우필호가 자수하기 전까지의 기록만 남아 있었다. 우필호는 장기현을 죽인 후 클럽에서 도망쳤다. 그게 마지막이었다. 정말로 그것이 마지막이었다. 당시 상황에 대한 목격자의 증언은커녕 장기현과 함께 룸에 있었던 사람들에 대한 언급도 없었다. 상식적으로 이해하기 힘들었다. 조우리가 뒷장을 빼먹을 리는 없다. 그렇다면 경찰은 장기현 살인 사건을 조사하며 증언 기록조차 남기지 않았다는 뜻이 된다. 아니면 일부러 누락했거나. 그러고 보니 가장 이해하기 힘든 것, 그러면서도 지금껏 큰 의문을 품지 않았던 사실 하나가 있었다.

우필호의 사인은 무엇일까?

내가 아는 사실은 구치소에서 저녁을 먹은 후 이상을 호소했고 병원에 도착하기 전 사망했다는 것뿐이었다.

무엇이 이 젊고 건장한 남자를 죽음에 이르게 했을까?

급사의 원인이야 무수히 많다. 심근경색 같은 건 나이를 가리지 않으니까. 하지만 우필호는 복통을 호소했다. 가슴이 뻐근하다거나 호흡이 곤란했던 게 아니라. 그렇다면 저녁으로 먹은 음식에 뭔가 문제가 있어서…….

그때였다.

초인종이 울렸다. 덫에 걸린 새가 비명을 지르는 것 같은 소리가 났다. 나는 깜짝 놀라 인터폰을 바라봤다. 입자가 거친 화면 속에 건장한 남자 둘이 서 있었다.

"무슨 일이에요?"

조우리가 방에서 달려 나왔다. 나는 인터폰을 가리켰다. 그사이에도 초인종은 끈질기게 울렸다.

"아는 사람들이야?"

내가 물었다. 이 밤에 대놓고 초인종을 누르는 사람은 둘뿐이다. 배달원이거나 경찰이거나. 인터폰을 보던 조우리의 얼굴이 구겨졌다. 아무래도 후자 쪽인 것 같았다.

"씨발. 뭐야? 왜 우리 회사 양반들이……."

조우리는 그렇게 중얼거리며 버튼을 눌렀다. 곧 새소리가 사라지고 걸걸한 남자 목소리가 들렸다.

"야, 조저씨! 빨리 문 열어!"

"아니, 양 선배, 이게 무슨 경우예요? 취했어요? 왜 밤에 여자 혼자 사는 집에 찾아와서 문을 열라 말라 하는 거예요?"

냅다 소리 지르는 조우리를 보며 나는 의자에서 일어났다. 예감이 좋지 않았다. 주위를 둘러봤다. 수없이 많은 물건 중에서 용케 백팩 하나가 눈에 들어왔다. 그걸 집어 든 순간 아마 조우리와 같은 강남서 형사과 소속이지 싶은 양 선배라는 자가 목소리를 높였다.

"너야말로 무슨 경우야?"

"뭐가요?"

조우리는 나를 힐끔 보더니 다급하게 손짓을 했다. 조심하라는 신호였다. 나는 내가 벗어놓은 옷가지를 백팩 안에 넣었다. 다행히 그것들 외에 다른 흔적은 없었다.

"너 인마, 애들이 현장 CCTV 돌려 보는데 우필호 그 새끼가 네 차에서 내리는 장면이 나왔어. 그러니까 빨리 문 열어. 팀장이 지금 너 잡아 오라고 난리야, 난리."

"그게 뭔 소리예요? 우필호가 뭐라고요? 근데 영장은 있어요?"

나는 신발을 신었다. 조우리는 손가락으로 베란다를 가리켰다. 내 생각에도 방법은 그것밖에 없었다. 베란다로 나가서 배관을 타고 도망치는 것.

"영장 같은 소리 하고 있네! 빨리 문 열어!"

"알았어요. 나 홀딱 벗고 있으니까 좀 기다려요."

조우리는 인터폰을 끄고서 내게 다가왔다. 그러고는 자기 휴대전화를 내밀었다. 나는 말없이 받아 들었다.

"내가 연락할 테니 조심해서 도망가요."

"미안하다. 나 때문에."

"사과는 됐고, 잡히지나 마요. 그래야 복수고 뭐고 할 수 있잖아요."

나는 고개를 끄덕인 후 베란다로 향했다. 양 선배는

참을성이 없었다. 몇 초 지나지도 않았는데 또 초인종을 눌러댔다.

"어휴. 저 인간 저거."

투덜거리던 조우리는 실내 자전거, 아니 빨래 걸이 위에 아무렇게나 걸쳐놓은 옷에서 지갑을 꺼냈다. 그런 뒤 현금을 잔뜩 빼서 내 주머니에 쑤셔 넣었다. 나는 백팩을 메고 베란다 창문을 열었다. 어두운 밤이라 그런지 4층에서 아래까지가 너무나도 까마득해 보였다. 물론 망설이고 주저할 시간은 없었다. 도시가스 배관이 튼튼하게 설치돼 있기만을 바라며 나는 창밖으로 다리를 내밀었다. 조우리가 말했다.

"휴대전화 비번은 000000, 0 여섯 개예요."

두 손으로 배관을 꽉 잡고 조심스레 한 발씩 아래로 내려갔다. 바람이 꽤 불었다. 다행히 우필호의 몸은 제법 말을 잘 들어줬다. 한순간 헛디디기라도 한다면 떨어질 수도 있는데 두 다리는 내가 생각한 딱 그 타이밍에 움직였다. 그래도 긴장이 되는 건 어쩔 수 없었다. 변태처럼 빌라 배관을 타고 내려오다가 바닥으로 떨어져 죽기는 싫었다. 다시 잡은 기회를 허망하게 날릴 수 없었다.

제법 시간이 걸렸지만 나는 무사히 1층에 도착했다. 저절로 한숨이 나왔다. 조우리의 집 거실 불이 켜진 지는 이미 오래였다. 지금쯤 형사들이 그 좁은 빌라 안을 샅샅이 뒤지고 있을 것이다. 나는 주위를 살핀 뒤 왔을 때 그랬던 것처럼 건물 사이를 통과해 옆 골목으로 빠져나갔다. 한적한 주택가라 그런지 사방이 조용했다. 조우리가 사 온 옷은 이런 상황을 대비라도 했던 것처럼 위아래 모두 검은색이었다. 모자도 마찬가지였다. 어둠 속에 스며들기에 딱 적당한 복장이었다. 고요하고 어두운 골목을 지나 대로로 나갔다. 버스나 지하철은 모두 다니지 않을 테니 걷는 수밖에 없었다. 목적지는 정했다. 우필호가 사망 선고를 받았던 곳이자 내가 환생한 바로 그곳. 그 병원에 가면 우필호의 사인이 무엇인지 알 수 있을 것 같았다. 그걸 알아야 다음 걸음을 뗄 수 있다. 왠지 그 생각을 떨칠 수가 없었다. 다음 걸음의 끝에 뭐가 있을지는 모르지만…….

도로에도 다니는 차가 몇 대 없었다. 그 덕분이었다. 인기척을 느낄 수 있었던 건. 뒤쪽에서 발소리가 들렸다. 묵직했다. 구두를 신은 듯했다. 야밤에 구두를 신고 돌아다닌다면 늦게까지 퍼마신 취객일 텐데 그런 것치고는 발소리가 단단하고 일정했다. 게다가…… 한 명이 아니었다. 나는 힐끔 뒤를 돌아봤다. 짙은 색 양복을 입은 남자 둘이었다. 그중 한 남자가 나와 눈이 마주쳤다. 거리는 20미터 정도. 나는 다른 생각 할 것 없이 달리기 시작했다. 놈들이 쫓아왔다.

전력 질주를 하다가 오른쪽 골목으로 꺾어 들었다. 그 순간 맞은편에서도 또 다른 남자 둘이 튀어나왔다. 나는 멈춰 설 수밖에 없었다. 졸지에 좁은 골목에 갇힌 꼴이 되었다. 놈들은 나를 앞뒤로 에워싼 채 서서히 거리를 좁혀왔다. 넷 중 둘이 품에서 칼을 빼 들었다. 조폭들이나 쓸 법한 손잡이와 날이 짧은 회칼이었다.

"너희들 누구야?"

내가 물었지만 아무도 대답하지 않았다. 나는 다급

하게 말을 이었다.

"사람 잘못 본 것 같은데……."

"우필호 맞잖아. 조용히 따라와."

뒤에서부터 나를 쫓아 왔던 남자가 말했다. 어떻게 된 일인지 놈들은 내 정체를 알고 있었다.

앞을 가로막고 있던 남자가 다가왔다. 뒤의 두 명도 거리를 좁혀왔다. 나는 우필호의 몸이 제발 잘 움직여 주기를 바라며 남자의 품으로 파고들었다. 그러고는 손목과 멱살을 잡고 곧장 업어치기를 했다. 남자는 크게 반원을 그리며 바닥에 떨어졌다. 시멘트 바닥에 팽개쳐진 남자는 신음을 흘리며 뒹굴었다. 나머지 셋이 일제히 달려왔다. 나는 튕기듯 앞으로 달려 나갔다. 그런 뒤 남자가 칼을 꺼내기 전에 온 힘을 다해 들이받았다. 복부를 정통으로 맞은 그놈은 바람 빠지는 소리를 내며 나가떨어졌다. 서늘한 느낌이 날아들었다. 뒤쪽이었다. 몸을 비틀며 반사적으로 팔을 들었다.

"윽!"

칼이 팔뚝을 스치고 지나갔다. 나는 방금 칼을 휘둘

러 아직 중심을 잡지 못한 남자의 급소를 힘껏 걷어찼다. 남자는 소리도 내지 못한 채 풀썩 주저앉았다. 그걸 확인한 뒤 바로 돌아서서 골목 안으로 달렸다. 남은 한 명이 쫓아올 것 같지는 않았지만 그래도 속도를 유지한 채 골목과 골목 사이를 지났다. 칼에 베인 상처에서 피가 흘러내렸다. 아드레날린이 분비되어서인지 고통은 느낄 수 없었다. 다만 여러 가지 의문이 한꺼번에 몰아쳐 정신을 차리기 힘들었다. 그 의문들은 혈관을 타고 온몸을 휘돌다가 결국 뇌에서 하나의 거대한 질문으로 뭉쳐졌다.

놈들의 정체는 뭘까?

경찰이 아니라는 것만 확실할 뿐 그 어떤 것도 알 수 없었다.

6

병원 앞에 도착했을 때는 지칠 대로 지친 상태였다.

팔도 아파왔다. 그나마 피는 멎었다. 나는 환생한 직후 도망칠 때 입었던 미화원 유니폼을 백팩에서 꺼내 옷 위에 그대로 걸쳤다. 긴소매라 팔의 상처도 가릴 수 있었다. 백팩은 화단에 놓아둔 채 병원 안으로 들어갔다. 회전문을 통과하기 전 경비원이 있는지부터 확인했다. 없었다. 1층 로비를 빠르게 가로질러 계단으로 향했다.

병원에서 누군가가 죽으면 최종 사망 선고를 내리는 것과 동시에 기록을 남긴다. 그 기록에는 정확한 사망 시각과 담당의의 소견을 적게 된다. 환자가 무슨 이유로 사망했는지에 대한 의사의 의견이 들어가는 것이다. 부검의는 그 기록을 바탕으로 부검을 진행한다. 우필호도 같은 절차를 밟았다. 그 사실은 분명했다. 그렇다면 병원 어딘가에 기록이 남아 있을 확률이 높았다. 우필호는 부검 직전에 그야말로 벌떡 일어났으니까.

나는 병원에서 도망칠 때의 기억을 더듬었다. 분명히 '기록실'이란 팻말이 달린 방이 있었다. 복도를 돌았다. 거울이 달려 있던 기둥이 나타났다. 나와 우필호의 첫

만남을 주선해준 거울이었다. 내 기억대로라면…….

있었다.

영안실에서 대각선으로 마주 보는 위치에 기록실이
있었다. 문은 잠겨 있지 않았다. 안으로 들어갔다. 조
우리의 휴대전화 조명으로 어둠을 밝혔다. 모든 게 전
산화가 된다고는 하지만 최초의 기록은 어쨌든 종이에
남긴다. 마치 리퍼가 컴퓨터 대신 노트에 살인 계획을
꼬박꼬박 적어 넣었던 것처럼. 나는 벽면을 가득 채운
서랍장에서 가장 최근의 일련번호를 찾았다. 월별로
되어 있어 찾는 데 그리 어렵지는 않았다. 서랍을 열
었다. 서류가 가득 들어차 있었다. 그것들을 재빨리 뒤
졌다. 몇 번 같은 행동을 반복했지만 우필호의 기록은
찾을 수 없었다. 혹시 다른 서랍에 든 게 아닐까 싶어
바로 옆 칸에 손을 댔을 때였다. 문이 벌컥 열리며 누
군가가 들어왔다. 불이 켜졌다. 환한 형광등 불빛 아래
놀란 얼굴로 서 있는 남자 모습이 드러났다.

"어어?"

남자는 손을 들어 나를 가리키더니 꼼짝도 못 한

채 떨기만 했다. 그 모습이 낯설지 않았다. 우린, 구면
이었다.

"조용히 해요."

나는 남자를 향해 말했다. 내가 가운을 뺏어 입었던
남자는 지난밤 그랬던 것처럼 이번에도 부들부들 떨
다가 픽 주저앉았다. 다행히 정신을 잃지는 않았다. 남
자를 향해 재빨리 다가간 뒤 문을 닫고 나도 쪼그려
앉았다. 그러고는 물었다.

"내가 누군지 알죠?"

남자는 고개를 끄덕이며 말했다.

"우, 우필호……."

"맞아요. 그때는 놀라게 해서 정말 미안해요. 어쩔
수 없는 사정이 있었어요."

"분명히 죽었어. 다, 당신…… 분명히 죽었는데……."

"선생님이 제 부검 담당이었죠? 그러면 대답해주세
요. 우필호는 왜 죽었습니까? 부검 진행을 못 해서 정
확한 사인은 안 나왔겠지만 담당의의 소견이라도 알고
싶습니다."

남자의 시선이 아래로 향했다. 동공도 흔들렸다. 단순히 겁을 먹었기 때문에 보이는 행동은 아니었다. 뭔가 감추는 게 있었다. 그리고…… 남자는 비밀을 감추는 데 서툴렀다. 나는 남자의 눈을 마주 보고 한 번 더 말했다.

"선생님 말이 맞습니다. 우필호는, 그러니까 저는 죽었습니다. 하지만 다시 살아났죠. 의학적으로 설명할 수 없는 일이 일어난 데에는 분명 이유가 있을 거예요. 전 그 이유를 찾고 싶습니다."

"저, 절대 말하면 안 된다고 해서……."

남자는 웅얼웅얼 말했다.

"누가요?"

내가 물었다.

"누군지는 몰라요! 경찰인지 아닌지 그것도 모르겠는데 아무튼 말하면 큰일 나니까 입 다물고 있으라고 했어요."

"협박받았습니까?"

남자는 허를 찔린 표정으로 나를 바라봤다. 누군지

는 몰라도 우필호의 죽음에 대해 입단속을 시켰다. 기록도 없앴다. 한 가지는 분명했다. 우필호는 운이 없어 급사한 게 아니었다. 내가 환생한 이 사람에게는 짐작보다 훨씬 더 복잡한 사연이 숨어 있었다.

"협박은 아니고……."

남자는 말을 흐렸다.

"좋아요. 누가 그런 지시를 했는지, 협박인지 아닌지 그런 건 더 묻지 않겠습니다. 선생님께 뭔가를 들었다는 이야기도 절대 하지 않을 거고요. 그러니 한 명의 의사로서 양심을 걸고 사인에 대해서만 말해주세요."

남자는 고개를 숙였다. 고민하는 듯했다. 나는 남자의 고민이 그리 길지 않으리라 판단했다. 아무렴, 어떤 협박을 받았는지 몰라도 죽었다가 살아난 살인 용의자가 앞에 있는 것보다 영향을 크게 주지는 않을 테니까. 게다가 의사의 양심이라는 말로 면죄부도 주었다. 내 예상대로 남자는 곧 입을 열었다.

"담당의의 소견은 이랬어요. 독극물에 의한 사망으로 추정된다."

병원에서 빠져나오자마자 유니폼을 벗어 쓰레기통에 넣었다. 이곳을 다시 찾을 일은 없을 것 같았다. 밤은 더욱 깊어 새벽으로 향해가고 있었다. 하늘을 올려다봤다. 먹구름이 잔뜩 껴 달도 별도 보이지 않았다. 그 어두운 하늘처럼 내 머릿속 역시 온통 먹빛이었다. 하나를 알아내면 곧 두 배는 더 짙은 의문이 드리웠다. 모든 게 의문투성이였다. 나는 밤길을 걸으며 생각을 정리했다.

우필호는 살해당했다. 그것도 구치소에서. 불가능한 일이었지만, 불가능한 일도 가능하게 하는 이들이 언제나 존재했다. 나는 그런 이들을 몇 명쯤 알고 있다. 아주 돈이 많거나 아주 큰 권력을 가진 이들. 혹은 두 가지 모두를 가진 이들⋯⋯.

제일 먼저 떠올린 건 복수였다. 장기현의 부모가 우필호를 죽인 게 아닐까? 나는 그 추측을 곧 접었다. 제약회사 대표라면 충분히 부자이기는 하지만 불가능을 가능으로 바꿀 정도는 아니었다. 게다가 구치소에 근무하는 누군가를 이용해 조사 중인 용의자를 죽이고 관련 기록까지 없애려면 돈만 많아서는 안 된다. 반드시 권력이 필요했다. 경찰에게까지 영향을 미칠 수 있는 권력.

"설마……."

나는 멈춰 섰다. 나를 습격했던 네 명은 기다렸다는 듯 쫓아왔다. 내가 그 거리에 나타나리라는 걸 미리 알고 있지 않았다면 불가능한 일이었다. 그렇다면…… 놈들은 조우리의 집에서부터 나를 미행했다는 뜻이 된다.

머릿속으로 그림을 그려봤다. 우필호를 죽이려는 어떤 세력이 있다. 그 세력은 불가능한 일을 가능하게 만들 정도의 힘을 가지고 있다. 그리고 그들은 당연하게도 경찰의 수사 자료를 없애거나 내부 정보를 빼낼 수도 있다. 그런 놈들에게 우필호가 조우리의 차에서 내렸다는 소식이 전해진다. 두 사람이 어떤 인연으로 엮였는지 따위는 그들에게 중요한 문제가 아닐 것이다. 그 세력의 목표는 하나니까.

우필호를 죽여서 입을 막는다.

그렇다. 복수 같은 게 아니었다. 놈들이 원하는 건 침묵이었다, 영원한 침묵. 우필호는 동생을 죽인 '일당'이 있다고 주장했다. 그 일당 중 한 명이 장기현과는 비교도 안 될 정도의 돈과 권력을 가졌다면? 혹은 그런 세력과 맞닿아 있다면? 그러면……

……조우리도 위험한 게 아닐까?

그 가능성을 떠올린 순간 다른 의문이 치고 들어왔다.

그렇다면 그 넷은 왜 우필호를 납치하려 했던 걸까? 어두운 그 골목에서 그저 죽이기만 했으면 됐을 텐데.

곰곰이 생각을 정리하고 있을 때 손에 쥐고 있던 휴대전화가 울렸다. 액정에 '회사'라고 떴다. 나는 얼른 전화를 받았다.

"여보세요?"

"선배?"

조우리였다. 목소리는 평소와 다르지 않았다.

"너 별일 없어?"

나는 안도하며 물었다.

"별일 없죠, 그럼. 식구끼리 뭐 어쩌겠어요. 그냥 형식적으로 집 한번 둘러봤고 저도 여기 와서 장단 좀 맞춰줬어요."

"뭐라고 둘러댔어?"

"무조건 모른다고 딱 잡아뗐죠. 우필호 그 새끼가 차에 숨어들었나 보다, 근데 그 이유는 나도 모르겠고, 왜 하필 내 차에 숨었는지도 모르겠다고 했어요. 내가 운전할 때 엄청 집중을 해서 뒷좌석에 누가 숨었는지 그런 건 볼 정신도 없다고 하니까 팀장도 납득하던데요?"

무척 설득력 있는 증언이었다. 나도 모르게 고개를 끄덕일 정도로.

"그럼 이제 조사는 끝난 거야?"

"네. 강수대 팀장인가 뭔가가 보자는데 그냥 무시했어요. 그러고 나와서 몰래 전화하는 거예요. 선배는 지금 어디예요?"

"설명하자면 길어."

"데리러 갈까요?"

"안 돼. 미행이 붙을지도 몰라. 그리고 우선은 빨리

거기서 나와. 경찰서라고 안전한 건 아니니까."

"그건 또 뭔 소리래?"

"만나서 이야기해줄게. 일단 집으로 먼저 가 있어. 잠복 중인 형사들 절대 돌아가라고 하지 말고 집 안에 박혀서 나만 기다려. 알았지?"

"리퍼 때문에 그래요?"

조우리가 신경질적으로 물었다.

"아니. 경찰 때문에 그래."

이번에는 조우리도 되묻지 않았다. 나는 마지막으로 한마디를 더한 후 전화를 끊었다.

"아무도 믿지 마."

7

세 시간을 걸어 망원동 주택가로 돌아왔을 때는 이미 동이 터오고 있었다. 똘똘 뭉친 먹구름 사이로 여린 햇살이 비쳤다. 주위는 여전히 컴컴했다. 어둠을 모두 몰아내려면 아직 시간이 더 필요해 보였다. 나는 녹초가 된 채로 한 걸음씩 간신히 움직였다. 발이 부르튼 지는 오래였고 허벅지 아래로 힘이 들어가지 않게 된 건 한 시간 전부터였다. 몸의 모든 수분이 말라버렸는지 더는 땀도 나오지 않았다. 시원한 물 한 잔이 간절했다.

마지막 힘을 쥐어짜내 조우리의 빌라가 보이는 골목으로 진입했다. 보는 것만으로도 피곤해지는 낡은 소나타는 여전히 그 자리에 서 있었다. 형사들이 계속 잠복 중이라는 의미였다. 그건 또 층계참 창문을 이용해야 한다는 의미이기도 했다. 양복 입은 놈들은 보이지 않았다. 내가 다시 돌아오리라고는 생각하지 못한 듯했다. 나는 뒤쪽 골목으로 향하려고 몸을 돌렸다. 그때였다. 뭔가 이상하다는 느낌이 들었다. 달라진 게 있었다. 아주 미묘한 차이. 운전석 창문이 조금 열려 있었다.

고개를 돌려 소나타를 주시했다. 어두워서 잘 보이지는 않았지만 형사 둘 모두 고개를 푹 숙이고 있었다.

그 상태로 미동조차 없었다. 곯아떨어진 자세였다. 잠복으로는 낙제점이었지만 불의의 공격을 받은 거라면 딱 맞는 자세이기도 했다. 나는 차를 향해 다가갔다. 거리가 줄어들수록 두 사람의 모습이 확실히 드러났다. 목 아래로 온통 피범벅이었다. 확인할 필요도 없었다. 둘에게 찾아온 건 졸음이 아니라 죽음이었다. 순식간에 반항 한 번 못 하고 당한 듯했다.

"젠장."

그 말밖에 나오지 않았다. 나는 빌라 4층으로 달려 올라갔다. 피는 아직 굳지 않았다. 둘 다 죽은 지 얼마 안 됐다. 지금이라면 늦지 않았을지도 모른다.

조우리의 집 문 앞에 섰다. 조용했다. 문은 잠겨 있었다. 도어록 비밀번호는 몰랐지만 나는 어렵지 않게 짐작할 수 있었다. 뚜껑을 열고 숫자 0을 여섯 번 누르자 부드러운 소리와 함께 잠금이 해제됐다. 안으로 들어갔다. 제일 먼저 눈에 들어온 건 소파에 기대듯 쓰러져 있는 조우리였다.

"조우리!"

나는 신발을 벗을 생각도 못 하고 그대로 달려갔다. 그 순간, 본능이 먼저 알아챘다. 공기가 너무 서늘하다는 사실을, 에어컨이 맹렬하게 돌아간다는 사실을, 그리고…… 거실에 몸싸움의 흔적이 전혀 없다는 사실을.

상체를 숙였다. 거의 동시에 무언가가 허공을 갈랐다. 나는 조우리가 쌓아놓은 피사의 사탑을 무너뜨리며 간신히 균형을 잡은 뒤 뒤를 돌아봤다.

남자가 서 있었다. 체격이 좋았다. 그것도 엄청나게. 우필호보다 한 뼘 이상 컸고 몸도 탄탄한 거구였다. 재킷 밖으로 튀어나올 듯 근육이 울퉁불퉁했다. 이목구비가 또렷해 한번 보면 절대 잊을 수 없는 인상이기도 했다. 큰 덩치와 부리부리한 눈이 내뿜는 위압감이 상당했다. 다만 그런 걸 다 떠나서 착한 놈처럼 보이지는 않았다. 잠복 중인 경찰을 죽이고 또 다른 경찰을 해치기 직전의, 아주 나쁜 놈처럼 보였다.

"딱 좋은 타이밍에 나타났군, 우필호."

남자는 나를 보며 빙긋 웃었다. 얼굴이 묘하게 일그

러졌다. 피부와 근육의 움직임이 감정의 속도를 따라
가지 못하는 듯했다. 그 유격에 대해 나는 잘 알고 있
었다. 그랬기에 확신했다.

"너, 리퍼구나."

"하하하."

남자, 아니 리퍼는 어긋난 타이밍으로 웃음을 터뜨
렸다. 한 번 더 확신했다. 리퍼 역시 내가 최승재임을
알고 있었다. 덕분에 내 소개를 할 필요가 없었다. 나
는 그 대신 놈을 향해 택배 박스 하나를 힘껏 찼다. 박
스가 날아들자 리퍼가 움찔했다. 그 틈을 놓치지 않았
다. 몸을 날려 거리를 좁힌 뒤 놈의 칼 든 손을 쥐었다.
그러고는 관절 반대 방향으로 꺾었다.

"악!"

리퍼는 비명을 터뜨리며 군용 나이프를 떨어뜨렸다.
다음 순간 놈이 왼손으로 내 멱살을 잡았다. 그러고는
홱 잡아당겼다. 나는 맥없이 끌려갔다. 그 틈을 놓치지
않고 리퍼가 나를 번쩍 들어 책상으로 집어 던졌다. 거
대한 충격이 머리를 뒤흔들었다. 비틀거리며 일어났다.

놈이 한 마리 미친 들소처럼 돌진해 왔다. 피하려 했지만 공간이 없었다. 나는 놈에게 부딪혀 벽까지 밀려났다.

"컥."

숨이 막혔다. 사력을 다해 버티며 위로 손을 뻗었다. 〈X 파일〉 액자가 손끝에 닿았다. 그걸 잡고 그대로 내리쳤다. 리퍼는 'I Want to Believe'에 머리를 정통으로 맞고는 믿을 수 없다는 표정을 지으며 비틀거렸다.

이번에는 내가 그 찰나를 놓치지 않았다. 주먹으로 놈의 목젖을 쳤다. 거길 제대로 맞으면 숨 막혀 죽는 게 어떤 고통인지 공짜로 체험할 수 있다. 뒤이어 사타구니 사이를 걷어찼다. 그곳이야말로 그 누구도 단련할 수 없는 고통의 사각지대이자 모든 남자를 평등하게 만드는 급소였다.

"으윽."

리퍼가 괴로움에 몸부림쳤다. 나는 그사이 몸을 날려 군용 나이프를 집어 들고 리퍼 쪽으로 돌아섰다. 그러고는 칼을 겨눈 채 외쳤다.

"움직이지 마."

리퍼는 컥컥 숨을 몰아쉬며 고개를 끄덕였다. 그 모습에 나는 방심하고 말았다. 놈이 재킷 안에서 뭔가를 빼냈다. 그게 뭔지 알아차렸을 때는 이미 늦었다. 내가 잘 아는 물건이었다.

X26 모델 테이저 건.

리퍼가 그걸 발사한 순간 두 개의 전극이 날아와 내 몸에 꽂혔다. 400볼트의 전압이 전선을 타고 밀어닥친 건 그다음이었다. 번개에 비할 바는 아니었지만 충분히 고통스러웠다. 나는 뻣뻣하게 굳은 채로 떨다가 풀썩 쓰러졌다. 눈앞이 하얗게 변했고 머릿속에서 불꽃이 튀었다. 의식이 멀어졌다. 위쪽 어딘가에서 리퍼의 목소리가 들렸다.

"내가 연락할 테니 기다리고 있어."

다정하게까지 느껴지는 그 인사에 화답도 못 한 채 눈을 감았고 나는 완전히 의식을 잃었다.

반
격

1

　누군가의 목에다가 회칼을 들이밀고 있었다. 지저분한 골목에 주저앉아 벌벌 떠는 그 누군가는 화려한 무늬가 들어간 재킷을 입고 명찰까지 달고 있었다. 전형적인 웨이터 복장이었다. 나는 회칼을 그대로 겨눈 채 휴대전화를 들어 녹음 앱을 실행했다. 웨이터가 더듬거리며 입을 열었다.

　"그, 그게…… 원래 셋이 몰려다녔어요. 그날도 그랬어요. 그 셋이서 같이 술 마시다가 룸에서 나가더라고요. 맞아요. 그 여자…… 그러니까 돌아가신 동생분을 따라 나간 것 같았어요. 그러더니 한참 있다가 돌아왔어요. 전 셋이서 자기들끼리 하는 이야기를 들었어요. 골치 아프게 됐다고, 그렇게 쉽게 죽을 줄은 몰랐다고 이야기했어요. 확실히 들었어요. 그러면서 또 술을 퍼마시다가 이선민이 장기현한테 가서 상황 좀 보고 오라고 시키더라고요. 이선민이 그 셋 중에서 대가리였고, 장기현은 똘마니 같은 존재였거든요. 아무튼, 이선민 얼굴에 손톱 자국이 나 있던 것도 기억해요. 그러니까 장기현 혼자 저지른 짓은 아닐 거예요. 그 셋, 그러니까 이선민, 장기현, 그리고 유상천이 공범인 거죠. 분명해요! 그날 이후 셋이 같이 다니지 않는 것만 봐도 알 수 있잖아요."

웨이터는 흔들리는 눈빛으로 날 보며 덧붙였다.

"저도 경찰한테 다 말하려고 했어요. 그, 그런데 너무 무서워서……."

나는 회칼을 거두며 일어났다. 다음 순간 장면이 휙 바뀌어 휴대전화 화면이 눈앞에 펼쳐졌다. 휴대전화에는 이메일 앱이 떠 있었다. 마침 이메일 작성을 끝낸 듯했다. '우필호입니다'라는 제목이 제일 먼저 눈에 들어왔다. 내용은 간단했다.

— 저는 살인자이지만 동생은 희생자입니다. 동생의 억울함을
풀어주십시오. 녹음 파일을 들어보시면 범인이 셋이라는 걸
아실 겁니다. 제가 부탁드릴 사람은 경위님뿐입니다.

녹음 파일을 첨부한 뒤 나는 '전송'을 눌렀다. 그 짧
은 순간 내 눈에 '받는 이'의 이메일 주소가 똑똑히 들
어왔다. 너무나도 잘 아는 주소였다.

내가 흑백의 꿈에서 깨어난 건 바로 그때였다.
"으."
정신을 차리자마자 끔찍한 두통이 찾아왔다. 머리
를 프레스에 넣고 돌리는 것 같았다. 나는 몸을 웅크
린 채로 한동안 숨을 고르다가 천천히 눈을 떴다. 그
러고는 조심스레 일어나 앉았다. 맥박이 뛸 때마다 두
통도 덩달아 엄습했지만 몇 분 전보다는 확실히 나았
다. 주위를 둘러볼 여유도 생겼다.

집은 여전히 어질러진 상태였고 조우리는 보이지 않았다. 베란다 창문으로 여린 햇살이 비쳐 들었다. 새벽을 지나 아침이 된 것 같았다. 리퍼에게 당한 뒤로 몇 시간이나 흘렀는지 알 수 없었다. 어쨌든 곤란한 상황에 놓였다는 건 확실했다. 또 하나, 너무나 기막힌 일이 벌어졌다는 것도 확실했다.

나는 무릎을 짚고 천천히 일어났다. 그때였다. 바지 주머니에서 휴대전화가 울렸다. 꺼내서 확인해보니 '발신 번호 표시 제한'이라고 떠 있었다. 순간 감이 왔다. 나는 전화를 받았다.

"조우리 어떻게 했어?"

내가 묻자마자 리퍼의 대답이 돌아왔다.

"자신이나 걱정해, 최승재 경위."

"널 꼭 찾아내서……."

"당장 도망치는 게 좋을 거야. 곧 경찰이 들이닥칠 테니까. 우필호가 잠복 중인 경찰 둘을 죽이고 강력계 형사를 납치했다고 신고했지. 아! 미리 말해두는데 소나타 블랙박스며 빌라 CCTV 같은 건 이미 다 지웠어.

그러니 넌 거기서 잡히면 빠져나갈 구멍이 절대 없어. 나이프에 네 지문도 묻어 있지, 아마?"

리퍼의 말이 끝나기를 기다렸다는 듯 사이렌이 들렸다. 멀리서부터 점점 가까워지고 있었다. 분하지만 리퍼의 말이 맞았다. 지금은 도망쳐야 했다. 나는 현관으로 향하며 놈에게 물었다.

"원하는 게 뭐야?"

"내가 원하는 게 있다는 걸 어떻게 알았지?"

"그러니 살려뒀겠지. 하지만 네가 원하는 게 뭐든 난 들어줄 생각 없어."

"아니. 조우리를 살리려면 내 말대로 할 수밖에 없을 거야. 그러니 빨리 움직여. 전화는 끊지 말고."

나는 분노를 삭이며 물었다.

"조우리는 무사한가?"

"알잖아? 난 누군가를 죽일 때 아주 공을 들인다는 걸. 아직까진 무사해."

적어도 그 말은 믿어도 될 것 같았다. 나는 후들거리는 다리를 간신히 움직여 문을 열고 복도로 나갔다.

사이렌이 방충망에 붙은 매미처럼 요란하게 울어댔다.
바로 근처였고, 한두 대가 아니었다.

리퍼는 어떻게 경찰 둘을 살해하고 조우리의 집까
지 들어간 걸까? 조우리는 왜 놈에게 순순히 문을 열
어준 걸까?

그런 생각을 하면서 계단을 달려 내려갔다. 넘어지
지 않으려고 거의 난간에 기대다시피 해서 움직였다.
간신히 1층에 내려선 나는 리퍼에게 다시 물었다.

"1층이다. 이제 어떻게 할까?"

"건물 밖으로 나가."

나는 놈이 시키는 대로 했다. 공동 현관 바로 앞에
검은색 스타렉스 한 대가 서 있었다. 스타렉스의 뒷문
이 열렸다. 쓸데없이 넥타이까지 차려 맨 남자들이 일
제히 나를 노려봤다. 아는 얼굴도 있었다. 어젯밤 나를
습격했던 놈들이었다.

"이것들은 뭐야?"

"타."

내 물음에 리퍼는 간단히 대답했다. 여러 질문이 떠

올랐지만 리퍼와 한가롭게 질의응답이나 하고 있을 때가 아니었다. 경찰들이 몰려오기 일보 직전이었다. 게다가 지금 내게는 선택권이 없었다. 조우리의 안전을 위해서라도 리퍼의 말을 따라야 했다. 나는 스타렉스에 올랐다. 남자 중 한 명이 문을 닫았다. 또 다른 남자가 곧바로 내 목덜미에 칼을 갖다 댔다.

"너무 격하게 환영해주는데."

휴대전화 너머의 리퍼를 향해 말했다.

"그쪽이 우필호를 꽤 기다리고 있었거든."

"넌 이자들과 무슨 관계……."

전화가 끊어졌다. 스타렉스가 출발했다. 나는 잠시 눈을 감고 상황을 정리해봤다. 리퍼가 어떻게 엮여 있는지는 모르지만 적어도 이들의 목적은 알 것 같았다. 물론, 그 목적을 순순히 이루게 협조해줄 수는 없었다.

스타렉스는 망원역을 지나 인적 드문 골목으로 접어들었다. 그런 뒤 얼마간 더 달려 공사 중인 건물의 지하 주차장으로 들어갔다. 주차장 제일 구석에는 검은색 세단이 서 있었다. 스타렉스가 그 앞으로 가더니 멈춰 섰다.

"내려."

차가 달리는 내내 흔들림 없이 내 목에 칼을 들이대고 있던 남자가 말했다. 그러고는 문까지 열어줬다. 인내심은 물론 배려심까지 많은 놈이었다. 나는 천천히 내렸다. 어두컴컴한 지하 주차장을 스타렉스의 헤드라이트가 밝히고 있었다. 뒤이어 내린 남자들이 나를 그 불빛 앞으로 끌고 갔다.

"꿇어."

나는 남자가 내린 명령에 따랐다. 스타렉스의 부라린 두 눈이 나를 정면으로 쏘아봤다. 눈이 부셔 고개를 돌릴 수밖에 없었다. 그때 어둠 속에서 목소리가 들려왔다.

"이야, 귀한 분을 이제야 만나네."

경박하고 들뜬 목소리였다. 나는 소리가 들린 쪽을 바라봤다. 길쭉하고 마른 실루엣이 눈에 들어왔다. 그 자는 내 앞으로 다가와 섰다. 곧 누군가가 작은 의자

하나를 가져와 내려놓았다. 낚시터에서나 쓸 법한 의
자였다. 변변찮은 목소리의 주인공은 의자에 앉더니
나를 응시했다. 역광이었지만 남자의 얼굴은 대충 보
였다. 남자는 곱게 자란 티가 물씬 풍기는 깔끔한 인상
에 그와는 반대되는 비릿한 미소를 짓고 있었다. 나는
그 미소 쪽이 놈의 본모습이라고 장담할 수 있었다.

"나 알지? 나 보고 싶었지?"

남자가 물었다. 목소리처럼 말투도 가볍고 빨랐다.
처음 보는 얼굴이었지만 나는 놈이 누구인지 알 것 같
았다. 이런 상황에서는 으레 대가리가 등장하는 법이
니까.

"이선민."

내 대답이 만족스러웠는지 이선민은 무릎을 치며
좋아했다.

"기현이도 담그고 상천이 머리도 깼는데 이 몸은 못
건드려서 되게 억울했지, 응?"

이선민은 궁금한 게 많은 것 같았다. 나는 대답하지
않고 기다렸다. 스스로를 '이 몸'이라 칭하는 부류의

인간은 뻔했다. 자기가 질문하고 자기가 답한다. 이미 결론을 내려놓고 그걸 확인하기 위해 묻는다. 이런 자들을 상대하는 가장 좋은 방법은 침묵이었다.

"억울했을 거야. 그러니까 경찰한테 자수한 거고. 그런데 네 맘대로 안 됐지? 거봐. 넌 결국 쓸데없는 짓을 한 거라니까. 그러게 좀 참지. 피차 성가시게 이게 뭐야. 거기다가 목숨도 진짜 질겨요. 분명히 죽었다고 했는데 어떻게 살아났냐? 그래도 뭐, 네가 살아난 덕분에 우리가 이렇게 만나고 찜찜한 것도 해결하게 되고 하니까 다행이지. 허허."

이선민은 웃다가 금세 표정을 바꿨다. 이제 본론을 꺼내려는 것 같았다. 놈들은 이곳으로 나를 데려올 때 휴대전화를 뺏지도, 눈을 가리지도 않았다. 그건 살려서 보낼 생각이 없다는 뜻이었다. 그렇다고 바로 죽이지는 않을 터였다. 우필호에게서 알아내야 할 아주 중요한 정보가 있을 테니까.

"웨이터가 너한테 다 분 거라며? 그리고 넌 그걸 녹음했고. 뒈지기 전에 그 새끼가 털어놨어. 근데 네 휴대전화고 컴퓨터고 다 뒤졌을 때는 그런 녹음 파일이 없었거든. 너 죽인 후에 그 사실 알고 식겁했잖아. 파일이 어디에 있는지, 누구한테 샌 건 아닌지 그걸 알아야 속이 시원할 텐데 넌 이미 죽었으니 방법이 없어진 거잖아. 그런데 와, 대박! 결국 이렇게 만났네! 역시 될 놈은 된다니까. 허허. 자, 우리 깔끔하게 해결하고 넘어가자. 알았지? 그거 어떻게 했는지 말해. 녹음 파일 어떻게 했는지 솔직히 말하면 애들이 안 아프게 죽여줄 거야."

안 아프게 죽여준다는 마지막 대목에서 나는 피식 웃고 말았다. 이선민은 그렇고 그런 스릴러 영화 속 악당이 내뱉으면 어울릴 만한 대사를 그대로 외웠다가 써먹는 것 같았다. 그만큼 진부하고, 그만큼 어색했다.

"웃어? 와! 넌 지금 이 상황이 웃겨? 내가 너 때문에 얼마나 고생을 했는데. 꼰대는 빨리 해결하라고 쪼지, 상황은 이상하게 돌아가지, 어휴 생각만 해도……."

"그 파일, 가장 믿을 만한 사람에게 보냈어."

나는 그 말을 하면서도 새어 나오는 웃음을 참을 수

없었다. 기막힌 인연이고, 극적인 운명이었다. 우필호가 녹음 파일을 보낸 사람이 하필이면 나, 최승재라니. 지금 당장이라도 내가 받은 이메일을 확인하고 싶었다. 그래서 저 어쭙잖은 악당에게 들려주고 싶었다. 녹음 내용은 물론이고 내가 최승재라는 사실까지. 그러면 이선민은 어떤 표정을 지을까?

"이 새끼 이거 자꾸 웃는 거 거슬려. 말할 생각이 없는 모양인데, 칼 좀 줘봐."

이선민이 손을 내밀자 나와 꼭 붙어 있던 그 남자가 칼을 건넸다. 놈은 그걸 들고 나를 겨눴다. 역시 그 몸짓 하나도 부자연스럽고 어설펐다.

"자, 제대로 말해. 진짜로 누구한테 보낸 거야?"

"그래."

나는 짧게 대답했다.

"하아. 그럼 그 인간은 누구야? 이름 대."

"멀리 가서 찾을 필요 없어. 아주 가까이 있으니까."

"뭐? 뭔 말을 하는 거야? 좀 제대로 알아듣게……."

그 순간 벌떡 일어나며 튀어 나갔다. 이선민의 칼 든

손을 잡았다. 낚시터 의자를 걷어찼다. 놈이 넘어지려
할 때 이번에는 남은 손으로 멱살을 움켜쥐었다. 얼치
기 악당에게서 칼을 뺏는 건 쉬운 일이었다. 그 칼을
이선민의 목에 들이대며 나는 외쳤다.

"움직이지 마!"

이선민은 물론이고 나를 에워싸고 있던 남자들도
우뚝 멈췄다. 내가 고갯짓을 하자 이선민이 천천히 일
어났다. 나는 칼을 거두지 않은 채 놈의 뒤로 돌아가
섰다. 차가운 칼날이 목에 닿자 이선민이 움찔 놀랐다.

"저, 저기…… 말로 하자고, 말로."

"말로 할 거야, 우선은. 그러니 저것들 못 따라오게 해."

이선민이 내 말을 듣고는 대번에 소리쳤다.

"야, 야! 너희들 그 자리에 가만히 있어!"

나는 달달 떠는 이선민의 목덜미를 잡고 조심스레
움직였다. 남자들은 각자의 연장을 빼 들기만 할 뿐
가만히 서 있었다. 놈들도 아는 것이리라. 우필호라면
자기 주인의 목을 긋는 일쯤 아무렇지 않게 할 수 있
다는 사실을. 실제로 나는 그러고 싶은 충동과 싸워

야 했다. 이선민을 보자마자 본능적으로 솟아오른 살의는 놈의 말을 듣는 동안 걷잡을 수 없이 커졌다. 그건 이 몸의 원래 주인인 우필호가 느끼는 감정이었다. 흑백 꿈을 꿀 때마다 어렴풋이 짐작은 했다. 우필호의 의식 중 일부분이 아직 남아 있는 게 아닌가 하고.

"허튼수작하지 마. 내가 여길 빠져나갈 때까지 그대로 있는 거야."

남자들을 향해 말했다. 놈들은 대답하지 않고 눈치만 살폈다. 나는 뒷걸음질로 주차장 입구까지 갔다. 이선민은 계속 떠들어댔다.

"이봐. 잘 생각해. 너도 지금 후회하고 있잖아. 안 그래? 여기서 도망간다 해도 답 없는 건 똑같아. 나, 날 해쳐봐야 다 해결되는 것도 아니고. 그러니까 네가 솔깃해할 만한 제안을 할게. 경찰들 눈 피해서 동남아 어디로……."

"시끄럽고, 하나만 묻지. 똑바로 대답해."

"뭐? 뭐, 뭐가 궁금한데?"

나는 놈과 함께 지하 주차장 진입로를 올라가고 있

었다.

"리퍼와는 어떤 관계지?"

"리퍼? 그게 갑자기 무슨 소리야? 이 대목에서 그 이름이 왜……."

"역시."

이선민은 까맣게 모르고 있었다. 자기에게 나를 넘긴 이가 리퍼의 환생이라는 사실을.

"이런 이야기 말고 우리 건설적인 대화를 나누자고. 동남아가 싫으면 일본 쪽은 어때? 너 일식 요리사였다며? 그래, 일본이 딱 좋네!"

"꺼져."

나는 그 말 한마디와 함께 놈을 힘껏 밀었다.

"어어!"

이선민은 앞으로 고꾸라지며 내리막길을 마구 굴렀다. 나는 미련 없이 돌아서서 달리기 시작했다. 칼은 던져버렸다. 곧 놈들이 쫓아올 것이다. 잡히면 이번엔 야말로 바로 죽는다. 내가 목숨을 부지할 수 있는 곳은 한 곳밖에 없었다. 큰길로 나가자마자 택시를 잡았다. 빈 택시가 섰다. 나는 뒷좌석에 올라 기사에게 외쳤다.

"마포경찰서로 가주세요."

그때 휴대전화가 울렸다. 언제나 타이밍을 기막히게 잘 맞추는 리퍼의 전화였다. 나는 전생에서의 리퍼와는 완전히 달랐던 그 큰 덩치와 뚜렷한 이목구비를 떠올리며 전화를 받았다. 리퍼, 넌 도대체 누구로 환생한 거냐?

"용케 빠져나갔어."

리퍼가 말했다.

"내가 지금 어디로 가는 중인지 맞춰봐."

"글쎄. 내가 꼭 그걸 알아야 하나?"

"여기서 제일 가까운 마포경찰서로 가는 중이다. 모든 걸 다 밝힐 거야. 나에 대해서도, 우필호에 대해서도, 그리고 너에 대해서도."

"믿어줄까?"

"적어도 우필호 사건은 재조사를 하게 될 거야. 내가 중요한 증거를 가졌거든."

"흐음. 그럼 조우리는 버리는 건가?"

"아니. 안 그래도 그 말을 하고 싶었어. 네가 누구인지는 몰라도 이선민을 털어보면 윤곽은 나오겠지. 그러면 널 특정해내는 건 시간문제야. 그럼 조우리도 금방 찾게 될……."

전화가 끊어졌다. 배터리가 없었다. 나는 택시 기사를 봤다. 라디오에서 흘러나오는 트로트 가락을 따라 흥얼거리느라 다행히 내 통화는 듣지 못한 것 같았다. 뒷좌석 깊숙이 몸을 파묻고 내가 해야 할 일을 머릿속에 그렸다. 자수 의사를 밝히고 그 다음에는 이 휴대전화를 충전한 다음…….

"손님. 다 왔습니다."

어느새 마포경찰서 앞이었다.

"거스름돈은 됐습니다."

나는 조우리가 쥐여준 현금 중에서 만 원 한 장을 꺼내 내민 후 곧바로 내렸다. 그러고는 마포경찰서 입구로 들어섰다. 빗방울이 조금씩 떨어졌다. 경찰서 정문 쪽에는 기자들이 진을 치고 있었다. 마포경찰서 관할 형사가 둘이나 살해되었으니 그럴 만도 했다. 기삿거리를 물 수 있을까 싶어 일명 '뻗치기'를 하는 중이리라. 그런 기자들 사이에 낯익은 인물이 있었다. 카메라를 목에 건 마른 남자, 바로 유튜버 탐사대장이었다. 사건을 쫓아 어디든 간다던 조우리의 말이 맞았다.

고개를 숙인 채 슬쩍 방향을 틀어 주차장 쪽으로 향했다. 지금 기자들과 마주치기는 싫었다. 누군가가 불러 세운 건 바로 그때였다. 주차장을 지나 후문으로 향하던 그때.

"우필호."

뒤를 돌아보려는 순간, 단단하고 묵직한 뭔가가 내 머리를 때렸다.

2

누군가의 뒤를 밟고 있었다. 실내 주차장이었다. 아마 밤인 것 같았다. 비싼 차들이 즐비하게 늘어선 주차장을 덩치 큰 한 남자가 비틀거리며 걷는 중이었다. 술에 잔뜩 취한 것 같았다. 그런 주제에 휘파람은 잘 불었다. 부드러우면서도 어딘지 모르게 음산한 곡조의 휘파람이 주차장에 울려 퍼졌다. 나는 손에 소화기를 들고 있었다. 다음에 어떤 일이 벌어질지 예상하기란 어렵지 않았다. 망설임 없이 다가간 나는 힘껏 소화기를 휘둘렀다. 그 한 방이 결정타였다. 남자는 휘파람 대신 신음을 토해내며 엎어졌다. 뒤통수가 푹 꺼졌다. 찢어진 피부 사이로 피가 흘러내렸다. 남자는 갓 잡아 올린 물고기처럼 퍼덕거리다가 이내 잠잠해졌다. 나는 돌아섰다.

눈앞이 침침했다. 머리가 띵했다. 소화기에 맞은 게 나인 것만 같았다. 기억이 뒤죽박죽이었다. 손을 머리에 가져다 댔다. 조금만 세게 건드려도 터질 것 같은 커다란 혹이 뒤통수에 자리 잡고 있었다. 나는 눈을 몇 번 감았다가 떴다. 조금씩 초점이 맞았다. 주변이 보이기 시작했다.

내가 앉은 곳은 길쭉한 의자였다. 아마 내내 이곳에 누워 있었던 모양이었다. 창살이 눈에 들어왔다. 그제야 확실히 깨달았다. 온통 회색으로 된 이 공간이 경찰서 유치장이라는 걸.

"깼냐, 이 새끼야?"

창살 밖에서 거친 목소리가 들렸다. 나는 눈을 가늘게 뜨고 바라봤다. 형사인 듯한 젊은 남자가 나를 죽일 것처럼 노려보고 있었다.

"어떻게 된 일입니까?"

내가 묻자 젊은 형사는 허, 하는 소리를 냈다. 당장이라도 유치장 안으로 달려 들어올 기세였다.

"어떻게 된 일? 이 새끼가 진짜! 네가 우리 식구들 죽여놓고 뻔뻔하게 여길 찾아왔잖아."

젊은 형사가 소리치자 다른 사람들도 다가왔다. 나는 경찰서 후문 쪽에서 누군가에게 공격을 받았다고 말하려다가 참았다. 이들 역시 모르지는 않을 텐데 그 이야기를 하지 않는 걸 보면 다른 이유가 있는 것 같았다. 게다가 지금 이 상황에서 입을 열어봐야 좋을 건 아무것도 없었다. 저 형사들에게 나는 동료를 잔인하게 죽인 살인자 그 이상도 이하도 아니었으니까.

"우필호. 넌 도주 및 경찰 살해 혐의로 체포됐다."

그렇게 말한 이는 나이 지긋해 보이는 형사였다. 차분한 말투였지만 그 안에 가득 담긴 분노는 어렵지 않게 읽어낼 수 있었다. 나는 이 점만은 바로잡아야 한다고 생각했다. 그래야 최대한 빨리 본론을 꺼낼 수 있을 테니까.

"저는 자수하러 왔습니다."

"그런 놈이 흉기를 가지고 와?"

"네?"

예상치 못한 말에 이번에야말로 크게 당황했다. 칼은 분명 버렸다. 그런데 흉기라니…….

"강수대가 널 후문에서 제압했고 그 과정에서 흉기를 발견했다. 그런데 잡아뗀다고?"

"아닙니다. 착오가 있는 게 분명합니다. 저는……."

"야! 넌 강수대한테 고마워해야 해. 너 거기 팀장한테 제압 안 당했으면 지금쯤 우리한테 죽었어. 알아? 반장님. 근데 저 새끼 저거 진짜 강수대에 넘겨야 합니까?"

젊은 형사가 분통을 터뜨렸다. 반장이라 불린 형사는 대꾸 없이 창살 쪽으로 한 발 더 다가왔다. 그러고는 송충이 같은 눈썹을 꿈틀거리며 말했다.

"사건이 커졌고, 넌 강력범죄수사대의 조사를 받게 될 거다. 그 말은 내 부하들을 죽인 널 넘겨야 한다는 소리다. 마음 같아선 찢어 죽이고 싶은데 참고 있다. 그러니 하나만 묻자. 아무 잘못 없는 그 둘은 왜 죽였냐?"

"내가 죽인 게 아닙니다. 다 설명할 수 있습니다!"

반장은 가만히 서서 나를 노려봤다. 형형한 눈빛이었다. 그런 뒤 다른 형사들을 향해 말했다.

"취조실에 데려다 놔. 강수대 팀장이 거기서 보고 싶다고 하니까."

"네."

대답을 한 형사도, 그렇지 않은 형사도 살기를 띠고 있었다. 수염이 거뭇하게 자란 다른 형사가 유치장 문을 열고 들어왔다. 그러고는 내 목덜미를 잡고 일으켜 세웠다. 취조실로 향하는 내내 형사는 말이 없었다.

무뚝뚝한 그가 입을 연 것은 나를 취조실에 던져놓은 다음이었다.

"네가 꼭 지옥에 떨어지면 좋겠다."

나는 아무 말 없이 고개만 숙였다. 형사는 문을 닫고 나갔다. 혼자 남은 나는 스스로에게 질문을 던졌다.

이제 어떻게 해야 할까?

해답은 없었다. 아무리 해결책을 떠올려보려 해도 깜깜하기만 했다. 예상치 못한 순간에 일이 또 꼬였고 시간은 지나버렸다. 나는 강력범죄수사대 팀장이라는 그자가 적어도 대화가 되는 상대이기만을 바랐다. 지금 중요한 건 조우리를 무사히 찾는 일이었다. 그러자면 바로 본론으로 들어가야 했다. 내 이메일 계정에 접속해 우필호가 보낸 메시지를 찾는다. 거기서 녹음 파일을 확인한 뒤 유상천과 이선민을 추적한다. 이선민의 통화 기록을 입수하면 리퍼가 환생한 인물과 연락을 주고받은 흔적을 찾을 수 있을 것이다. 그걸 바탕으로 그자의 행방을 조사하면 조우리에게 닿을 수 있다. 내 시나리오는 거기까지였다. 중요한 건 첫 장면부터 마지막 장면까지 단숨에 찍어야 한다는 점이었다.

그때였다.

복도에서 휘파람 소리가 들렸다. 익숙한 곡조였다. 부드럽고 애잔한 동시에 음산한 느낌을 주는 곡. 분명했다. 우필호가 주차장에서 공격한 그 남자의 휘파람과 똑같았다.

"설마?"

나는 문을 노려봤다. 심장이 엇박자로 뛰었다. 손바닥에서 축축하게 땀이 배어 나왔다. 불길한 예감이 밀어닥쳐 범람한 강물처럼 삽시간에 내 머릿속을 채웠다. 다른 생각을 할 틈 같은 건 조금도 없었다.

휘파람 소리는 점점 가까워지다가 취조실 앞에서 멈췄다. 잠시 후 누군가가 문을 노크했다. 들어오라고 말하지 않았지만 이내 문이 열렸다.

"안녕하십니까? 강력범죄수사대 유상천 경위입니다."

그 말과 함께 건장한 체구의 남자가 들어왔다. 진하고 뚜렷한 이목구비를 이용해 어색하기 짝이 없는 미소를 지은 채.

리퍼였다.

3

놈의 목젖은 부어 있었다. 그걸 보자 약간은 위안이 됐다. 아주, 약간. 달라진 건 없었다. 나는 수갑을 찬 채 취조실에 처박힌 용의자였고 리퍼는 강력범죄수사대 팀장에다가 휘파람까지 잘 불었다. 젠장.

"하나만 물어봐도 되나?"

내 말에 리퍼는 어깨를 으쓱했다. 그러고는 대답했다.

"뭐든 좋아. 녹화도 녹음도 중지한 상태거든. 거울 뒤에서 지켜보는 경찰들도 없어. 알고 있겠지만. 그리고 한 가지 말해주자면, 경찰봉으로 널 때린 건 나야. 주머니칼을 넣어둔 것도 나고. 그걸 궁금해하는 거라면……."

"뒤통수는 괜찮나? 거긴 영구적으로 머리카락이 자라지 않을 텐데."

리퍼의 얼굴이 굳었다. 놈은 아주 흥미롭다는 듯 나를 빤히 쳐다봤다, 한동안. 나 역시 리퍼를 응시했다, 한동안. 그러면서 알게 되었다. 부리부리한 눈매는 완전히 달랐지만 그 속에 자리 잡은 눈동자는 전생의 리퍼와 닮아 있다는 것을. 특히 먹물을 주입해놓은 것 같은 유독 또렷하고 시커먼 검은자위가 판박이였다.

"환생이라는 거…… 참 신기해. 원래 이 몸의 주인은 완전히 죽은 것 같은데도 잔상이라고 할까, 그런 게 남아 있거든. 난 휘파람을 전혀 못 불었는데 저절로 흥얼거리게 되었지. 네가 우필호의 기억을 가지고 있는 것도 비슷한 경우일 거야. 안 그래, 최승재 경위?"

"우필호에게 공격당한 그때 바로 죽은 게 아니군."

"긴급수술을 받고 며칠 동안 버텼지. 그러다가 그 밤에 숨이 끊어진 거야. 하지만 이렇게 벌떡 일어났지."

리퍼는 양팔을 펼쳐 보였다. 전생에서 그랬던 것처럼. 오디션에 번번이 떨어지는 삼류 배우나 할 법한 행동이었다. 나는 놈을 보며 생각했다. 빌어먹을 기구한 운명이라고. 한날한시에 죽은 나와 리퍼는 역시 같은 때 사망한 두 남자로 환생했다. 우필호와 유상천. 둘 사이에도 악연의 고리가 연결되어 있었다. 이쯤 되면 운명이라 부를 수밖에 없었다.

"조우리는 어떻게 했지?"

나는 다시 물었다. 운명의 상대에게.

"우리 역할이 바뀐 거 아냐? 보통 이런 경우에는 경찰인 내가 용의자인 네게 질문을 던지는 거 아닌가?"

"조우리는 어떻게 했지?"

나는 놈을 노려봤다. 말하고 싶을 거라 생각했다. 떠벌리고 싶을 거라고, 과시하듯 무용담을 늘어놓고 싶을 거라고. 내가 파악한 리퍼는 그랬다. 생방송 중 전화를 걸어 추수니 뭐니 마치 사명감이라도 띤 채 살인을 저지르는 것처럼 궤변을 늘어놓았던 놈이었다. 자랑하고 싶어 하는 그 본질은 환생을 해도 변하지 않았으리라. 내 예상대로였다. 리퍼는 잠시 뜸을 들인다 싶더니 결국 입을 열었다.

"아직 죽이진 않았어. 그러면 너무 시시하니까. 대신에 오후 4시가 되면 기계가 작동할 거야. 이선민이 널

제거한 걸 확인한 뒤 느긋하게 내려가서 그 건방진 형사가 죽어가는 모습을 지켜보는 게 원래 계획이었지."

"계획이 틀어져서 초조하겠군. 화도 나고."

리퍼는 강박증을 가지고 있었다. 완벽주의라는 이름의 강박증. 노트만 봐도 알 수 있었다. 리퍼 같은 자들은 작은 변수에도 민감하게 반응한다. 초조하지 않을 리 없었다. 과연, 놈의 뺨이 씰룩거렸다. 불편하다는 신호였다.

"그래도 변하는 건 없어. 조우리라는 그 여자는 정확히 4시에 죽음을 맞이할 거야. 그리고 난 그 현장에 있겠지. 널 이송한 뒤 난 외근을 나갈 거야. 팀장은 참 좋더군. 내 마음대로 왔다 갔다 해도 뭐라 하는 인간이 없으니. 아무튼, 그렇게 하면 넉넉하게 도착할 수 있을 거야. 그럼 4시부터는 즐겁게 관람하겠지. 그 여자가 죽어가는 모습을."

"내가 널 막을 거다."

내 말에 리퍼는 웃음을 터뜨렸다. 놈은 소리 없이 어깨만 들썩이며 웃어댔다. 나는 수갑을 찼지만 묶이지는 않았다. 저렇게 웃고 있는 사이에 달려든다면 한 방 정도 먹일 수는 있겠지. 목젖에다가. 다시는 저런 식으로 웃을 수 없게.

"무슨 수로? 넌 부인과 딸이 죽는 것도 못 막았잖아, 안 그래?"

달려들었다. 책상을 뛰어넘어 놈을 향해 몸을 날렸다. 수갑 찬 양손으로 리퍼의 목을 그러쥐고 그대로 물어뜯었다. 뜨거운 피가 입안으로 울컥 쏟아져 들어오고…….

나는 그쯤에서 상상을 멈췄다. 망상은 이성을 흐리게 한다. 놈의 도발에 넘어가 함께 번개를 맞고 죽은 게 바로 이틀 전이었다. 지금은 최대한 냉정을 유지할 때였다. 내가 살인 용의자 우필호라는 사실, 그리고 리퍼가 강력범죄수사대 팀장이라는 사실은 바뀌지 않는다. 또 하나, 조우리의 목숨이 몇 시간 남지 않았다는 사실 역시 변함없다. 모든 사실을 종합하면 한 가지 결론에 도달한다. 내가 절대적으로 불리하다는 결론. 이걸 바꾸려면 최선을 다해야 한다. 최선을 다해, 머리를 굴려야 한다.

"내가 네 정체를 까발릴 거야."

내가 말했다.

"누가 믿어줄까, 응? 게다가 난 불굴의 의지로 되살아난 직후 현장에 바로 복귀한 열혈 형사 역할이 아주 마음에 든단 말이야. 썩 잘해내기도 하고. 어젯밤에도 간단하더라고. 내 신분만 밝혔을 뿐인데 차 문도, 현관 문도 다들 쉽게 열어주더군. 실수한 것 같으면 이렇게 얘기하면 돼. 머리를 다쳤더니 기억이 잘……."

놈은 또 웃었다. 환생이 너무나도 만족스러운 모양이었다. 아무렴, 살인 용의자로 환생한 것보다야 신나겠지. 나는 리퍼의 얼굴에서 웃음을 빨리 지우고 싶었다.

"뭔가 잘못 생각했나 본데 내가 말한 건 그 정체가 아니야. 유상천 경위가 우지희의 강간 살해 사건 용의자라는 걸 밝히겠다는 거지. 네 친구인 장기현, 이선민과 공범이었다고."

리퍼는 웃는 걸 멈췄다. 표정이 딱딱하게 굳는 걸 보니 속이 다 시원했다. 나는 말을 이었다.

"잊지 마. 내가 우필호의 기억을 고스란히 간직하고 있다는 걸. 게다가 내겐 결정적인 증거가 있어."

그 증거 자체가 나와 한 몸이라는 게 문제였지만 당연히 그 사실은 숨겼다. 지금 내가 내밀 수 있는 유일한 카드는 녹음 파일이었다. 유상천, 아니 리퍼는 그 파일을 내가 받았다는 사실을 꿈에도 모를 것이다.

"뭐, 네가 그 주장을 한다면 약간 골치 아플 수는 있겠어. 하지만…… 너한테 그럴 기회가 있을까? 우필호가 죽기를 원하는 사람이 한둘이 아니라서 말이야."

"이선민이 다 이야기하지 않았나 보군. 녹음 파일은 이미 다른 사람에게 넘어가 있어. 내가 다시 연락하지 않으면 그 사람은 파일을 공개할 거야."

리퍼는 생각에 잠긴 표정으로 나를 응시했다. 나는 그 시선을 피하지 않았다. 잠시 후 놈이 어깨를 으쓱하며 말했다.

"그 문제는 이선민이 알아서 해주겠지. 재수 없는 인간이기는 하지만 꽤 쓸모가 있으니까 방법을 찾아낼 거야. 이것만 알아둬. 어떤 일이 있어도 조우리와 네가 죽는다는 사실에는 변함이 없어."

"혼자는 안 죽어, 절대."

나는 놈을 노려보며 말했다.

"미안하지만 이번에는 같이 죽어줄 생각 없어."

"알잖아? 우리는 보통 운명이 아니라는 거."

"그럴까? 운명이라는 게 있다면 말이야, 이번에는 나에게만 일방적으로 웃어준 것 같은데? 난 아무리 생각해도 전보다 나아졌거든."

"그럴까? 전보다 나아졌는데 왜 땀은 안 흘리는 거지? 아니, 못 흘리는 건가? 여긴 에어컨이 안 나오니 지금쯤 피부에 열이 오르고 따끔따끔하겠군. 속으로 운명을 원망하지 않았나? 환생을 했는데도 지긋지긋한 병은 그대로라서."

리퍼의 얼굴이 일그러졌다. 놈의 목이 점점 벌게지고 있다는 건 몇 분 전부터 눈치챘다. 이렇게 후텁지근한 공간에서 땀 한 방울 안 흘린다는 것도. 리퍼는 용의자인 나보다도 더 빨리 취조실에서 나가고 싶어 하는 것 같았다. 놈의 무한증은 심인성이었던 걸까? 아

니면 저 악마에게 내려진 저주인 걸까? 어느 쪽이든
상관없었다. 그것으로 리퍼가 조금이라도 더 고통받을
수 있다면 나는 만족했다.

"앞으로의 네 운명이나 걱정해. 우필호."

그 말과 함께 리퍼가 다가왔다. 나는 순순히 일어났
다. 우리는 잠시 마주 보고 섰다. 이제는 얼굴까지 붉
게 변한 놈을 향해 내가 말했다.

"밖에 기자들 잔뜩 와 있을 거야. 그러니 수갑 찬 내
손목 가려. 그게 규칙이야."

밖에는 본격적으로 비가 내리고 있었다. 기자들은
비옷을 입고 대기하다가 리퍼와 내가 나타나자 계단
앞으로 와르르 몰려들었다. 마포경찰서 소속 경찰관
들이 주위를 통제했다. 빗줄기를 가르며 연신 플래시
가 터졌다. 빛보다 빠른 속도로 질문이 쏟아졌다.

"용의자는 어떻게 검거했습니까?"

"경찰서에 침입하려 했다는 게 사실입니까?"

"용의자가 잠복 중이던 형사 둘을 살해했다는데 맞

습니까?"

"우필호 씨, 할 말 없습니까?"

"영안실에서 도망친 건 계획된 일이었습니까?"

"우필호 씨, 실종된 조 모 형사와는 어떤 관계입니까?"

나는 계단 바로 앞에서 멈춰 섰다. 그런 뒤 기자들을 훑어봤다. 내가 무슨 말인가를 하려는 듯 머뭇거리자 기자들은 더 가까이 다가왔다. 통제선이 무너졌다. 순간 목표물이 내 눈에 들어왔다. 탐사대장. 그는 여전히 수첩과 볼펜을 들고 있었다. 그러고는 나를 뚫어져라 올려다봤다.

"범인은 따로 있다!"

나는 힘껏 소리 질렀다. 리퍼가 움찔했다. 바로 그 순간 리퍼를 뿌리치고 기자들 사이로 몸을 날렸다. 팬들을 향해 다이빙하는 로커처럼. 환호 대신 비명이 난무했지만 개의치 않았다. 내 목적은 하나였으니까.

"억."

탐사대장이 나와 뒤엉키며 주저앉았다. 나는 그를 덮친 채 버둥거렸다. 카메라가 그 모습을 놓칠 리 없었

다. 경찰들은 사진기자의 장벽을 뚫고 한발 늦게 등장
했다.

"비켜요. 비켜주세요!"

경찰들이 외치는 소리를 들으며 나는 탐사대장이 떨
어뜨린 모나미 볼펜을 주워 들었다. 그러고는 재빨리
감췄다. 볼펜은 수갑을 찬 양손 안에 쏙 들어갔다. 다
음 순간, 탐사대장과 눈이 마주쳤고 나는 그만이 들을
수 있게 속삭였다.

"따라와."

곧 여러 개의 손이 나를 거칠게 일으켜 세웠다. 반항
하지 않고 일어났다. 리퍼와 단둘이 남을 순간을 기다
리며.

4

나는 리퍼가 몰고 온 세단 뒷자석에 짐짝처럼 실렸다.
마포경찰서에서 서울 강력범죄수사대까지는 아무리 막

혀도 차로 20분이 채 걸리지 않는다. 내게 남은 시간도 딱 그 정도였다. 공덕에서 마포까지 가는 동안 나는 머리와 몸을 모두 움직여 찾아야 했다. 조우리를 구할 수 있는 단 하나의 해답을. 지금은 그게 우선이었다.

"재미있지 않아? 우리가 이런 상황에 놓였다는 게 말이야."

리퍼는 마포경찰서 정문을 빠져나가며 말했다. 뒤통수에 붙은 큼지막한 반창고가 볼만했다. 소화기가 새겨 넣은 상처는 아물 때까지 꽤 시간이 걸리리라.

비는 제법 많이 쏟아졌다. 먹구름의 부피로 봤을 때 한참을 더 내릴 것 같았다. 바람도 점점 세졌다. 사선으로 내리꽂히는 빗줄기를 와이퍼가 열심히 닦아냈다. 이런 날씨에도 놈은 에어컨을 최대로 틀었다. 도로에는 차들이 많았다. 이 상태라면 5분 정도는 더 벌 수 있으리라. 5분 더 추위에 벌벌 떨어야 한다는 소리다.

"이런 상황이 수갑을 차고 끌려가는 걸 뜻한다면, 당연히 하나도 재미없어."

나는 리퍼의 말에 순순히 대답해줬다. 내가 바라는

건 단 한 가지, 놈이 뒷좌석에 덩그러니 앉은 용의자에게 신경 쓰지 않는 것이었다. 볼펜을 분해해 스프링을 빼내건 말건.

"조금 전과는 다르군. 소리 지르며 발악할 때 진짜 볼만했는데."

"언론의 주목을 받으면 받을수록 쉽게 죽이지 못할 테니까."

"그래서 연기를 했다?"

"그럴싸했나?"

나는 처음이자 마지막으로 우필호처럼 보이기를 바라며 혼신의 연기를 펼쳤다. 리퍼는 반대였다. 놈은 환생한 순간부터 지금까지 유상천이 되기 위해 연기 중이었다. 우리는 닮은 듯 다르게 균형을 유지하고 있었다. 이제는 그걸 깨고 싶었다. 이 시시한 시소 놀이에서 내려올 때가 되었다.

"인간들은 마지막 순간에는 모두 너처럼 필사적이 되지. 고통과 공포에 못 이겨 필사적으로 신을 찾다가 결국에는 내게 애원해. 차라리 빨리 죽여주세요, 하고.

그러면 어떤 기분이 드는지 아나? 내가 신이 된 것 같아. 그런데 말이야, 이제는 이렇게 죽음까지 초월했으니 정말로 신이라 할 수 있지 않을까? 어떻게 생각해?"

놈이 자아도취에 빠져 장황하게 말을 잇는 동안 나는 스프링을 빼내는 데 성공했다. 그걸 길게 늘인 뒤 끝만 구부려 수갑 구멍에 집어넣었다. 동료들과 가끔 이런 내기를 했다. 열쇠 없이 수갑을 빨리 푸는 내기. 처음에는 번번이 져서 밥이고 커피고 내가 사야 했다. 결국 나는 수갑을 분해해 내부 구조를 통째로 외웠다. 그러자 작은 구멍으로 뾰족하고 가는 뭔가를 몇 센티미터쯤 넣고 어느 정도 힘으로 돌려서 당겨야 하는가가 머릿속에 그려졌다. 이후로는 한 번도 지지 않았다.

"그렇다면 나는 뭐지? 나도 환생했는데."

나는 바쁘게 손을 움직이며 물었다. 차는 여전히 신호 앞에서 가다 서다를 반복했다. 리퍼는 느긋해 보였다. 일부러 더 천천히, 그리고 조심스레 운전하는 것도 같았다. 놈도 아는 것이다. 바뀐 몸에 적응하기까지는 시간이 필요하다는 걸.

"나도 그 생각을 했어. 왜 나는 경찰로 환생하고 넌 범죄자로 환생했는지 곰곰이 고민해봤지. 그러다가 하나의 결론을 얻었어. 답은 아주 간단해. 내가 선택받은 거야. 리퍼의 방식이 옳았던 거지."

"그래서 계속 살인을 할 건가?"

리퍼가 대답을 하려 할 때 덤프트럭 한 대가 포효하듯 경적을 울리며 끼어들었다. 나는 그 틈에 스프링을 힘껏 잡아당겼다. 수갑 풀리는 소리는 경적에 묻혀 들리지 않았다. 됐다. 일단 양손은 자유를 되찾았다.

"살인이라…… 내가 왜 이 일을 하는지 그 이유가 궁금하지 않나?"

리퍼가 물었다. 궁금했다. 내가 추측한 이유를 수십 가지 정도 델 수도 있었다. 자기과시, 비뚤어진 욕망, 무한증이 불러온 분노, 그리고 기타 등등……. 나는 아무런 말도 하지 않았다. 이번에도 놈은 먼저 말할 게 틀림없었으니까. 그런 점에서 리퍼는 전형적인 사이코패스였다. 타인에게는 무감하지만 자신의 자랑거리를 늘어놓는 일에는 적극적인 인간, 아니 악마. 악마는 역시 내 대답을 기다리지 않고 말을 이었다.

"나도 알아. 연쇄살인마들은 갖가지 이유를 대면서 자기 행위를 합리화하지. 마찬가지야. 내게도 이유가 있어. 아니, 일종의 사명감이라고 할까? 나는 인간들에게 경각심을 일깨워주고 싶은 거야. 인생을 열심히 살지 않으면 누구든 가라지가 되어 뽑힐 수도 있다는 경각심."

"누가 너에게 그런 사명을 준 거지? 가라지를 선택하는 기준은 또 뭐고?"

내가 물었다. 지금부터가 중요했다. 이제 차는 제법 속도를 내 달리고 있었다. 약 15분 뒤에는 도착한다. 그 전에 놈을 흔들어야 했다. 내면에서부터 무너뜨려야 했다. 그 무너진 틈에서 조우리에 대한 정보가 흘러나오기를 기다려야 했다. 그러자면 리퍼의 심연으로 들어갈 필요가 있었다.

"나도 처음엔 그 존재의 정체를 몰랐어. 하지만 늘 내 귓가에 속삭였지. 세상의 쓸모없는 자들을 추수하라고. 이제 난 그렇게 속삭인 자가 누구인지 알겠어."

"설마 신인가?"

"그래! 바로 그거야. 여태 악마가 아닐까 짐작했는데 내 생각이 틀렸어. 신이었어! 그랬기에 이렇게 환생까지 한 거지."

"실망이야."

"뭐가 실망이지?"

놈의 목소리가 조금 커졌다.

"네 살인은 뭔가 다른 이유가 있을 줄 알았어. 더 거창한 철학이나 미학 같은 것들. 그런데 신이라니."

"무슨 소릴 하는 거야? 난 신의 선택을 받았다고! 그래서……."

"70퍼센트야."

"뭐?"

"전 세계 연쇄살인마의 70퍼센트가 신의 계시나 지시를 받았다고 주장해. 29퍼센트는 뭔지 아나? 그런 망상조차 품지 못할 만큼 미친놈이거나 아니면 그냥 변태들이지. 나머지 1퍼센트일 거라 생각했어. 넌 다를 거라고. 특별할 거라고. 하지만 아니었어. 너도 그저 흔하디흔한……."

"아니야!"

처음이었다. 리퍼가 소리를 지른 것은.

"또 하나 말해줄까? 신의 계시라 주장한 70퍼센트 중의 절반 이상이 정신이상 판정을 받았어. 나머지는 그냥 거짓말을 한 거고. 넌 어느 쪽이지? 망상인 건가, 아니면 거짓말인 건가?

리퍼는 잠자코 있었다. 핸들을 꽉 쥔 손이 보였다. 차는 점점 빨리 달렸다. 속도계가 계속 올라갔다. 빗줄기 역시 세졌다. 비가 차체를 때려대는 소리가 묵직하게 들렸다. 자동 모드로 설정해놓은 와이퍼는 정신없이 움직였다. 차 안에는 그야말로 냉기가 휘몰아쳤다. 그럼에도 놈의 목뒤로 붉은 반점이 올라왔다. 나는 더 몰아쳤다.

"어릴 때부터였지? 누군가에게 살의를 품은 거. 무한증 때문에 피부병을 달고 살았을 테니까 아이들의 놀림을 많이 받았겠어. 그게 널 비뚤어지게 했나? 어쩌면 부모님을 따라 아주 열심히 교회에 다녔을지도 모르겠군. 그러면서 기도했겠지. 낫게 해달라고. 하지만 아니었어. 그래서 넌 생각했던 거야. 신이 널 이렇게 만든 데에는 이유가 있을 거라고. 숭고한 사명감을 띠고 태어났기에 남보다 조금 더 고통을 받는 거라고. 그런데…… 너도 알잖아? 그딴 건 다 개소리라는 거. 넌 그냥 환자일 뿐이야, 리퍼. 아니지, 조영재. 그래, 넌 그냥 조영재야."

"닥쳐!"

차가 휘청했다. 나는 한마디를 더했다.

"땀 흘리지 않고 할 수 있는 건 지뢰 찾기 게임뿐이었나?"

리퍼가 완전히 고개를 돌려 나를 노려봤다. 얼굴이 붉게 달아올라 금방이라도 터질 것 같았다. 앞차와의 간격이 초 단위로 좁혀지고 있었다.

"조우리가 죽는 모습을 찍어서 꼭 너한테 보여주겠다."

"관심 없어."

"그럴까? 지하실이 떠나가라 비명을 지르며 죽어가는 걸 보고서도 네가 견딜 수 있을까?"

지하실?

"됐어!"

그렇게 외쳤다. 풀어낸 수갑으로 리퍼의 얼굴을 후려
쳤다. 운전석 쪽으로 몸을 날렸다. 핸들을 돌렸다. 찰
나의 순간 그 모든 걸 해냈다. 그리고……

……차는 가로수를 향해 돌진했다.

엄청난 충격이 몸을 뒤흔들었다. 그나마 충돌을 예
상했고 짧은 순간이지만 운전석 뒤로 몸을 숨겼기에
치명상은 면했다. 정신을 잃지도 않았다. 그럼에도 옆
구리 쪽이 미치도록 아팠다. 갈비뼈가 부러진 모양이
었다. 얼굴을 부딪치며 코피도 났다. 귀에서 웅, 하는
소리가 났다. 리퍼는 에어백에 머리를 파묻은 채 꼼짝
도 하지 않았다. 나는 뒷문을 열고 내렸다. 쏟아지는
폭우 속에서도 주변 상황은 똑똑히 보였다. 차들이 멈
춰 섰고 구경꾼들이 모여들었다. 리퍼의 차는 보닛이
움푹 들어가 있었다.

내가 아픈 옆구리를 달래가며 간신히 숨을 고르고

있을 때 검은색 코란도가 옆으로 다가와 급정거를 했다. 조수석 창문이 열렸다. 탐사대장이 고개를 빼고는 바로 카메라부터 들이댔다. 그러고는 물었다. 투철한 직업 정신이었다.

"무슨 일입니까?"

나는 대답 대신 코란도 조수석 문을 열고 힘겹게 올라탔다.

"안 돼요! 이, 이렇게 막 타시면······."

"200만."

신음을 참으며 간신히 말했다.

"네?"

탐사대장이 되물었다.

"지금부터 날 찍으면 조회 수 200만은 거뜬할 겁니다. 그러니 어서 출발해요."

"잠깐만요. 아무리 그래도 그쪽이 도주하는 걸 돕게 되면······."

"협박받았다고 해요. 나도 그렇게 말할 테니까. 유튜버 탐사대장, 범인의 협박에도 굴하지 않고 촬영을 계속하다, 괜찮은 그림이잖아요."

"하지만……."

탐사대장은 고민하는 눈치였다. 조우리를 구하려면 나는 이 사람의 도움이 꼭 필요했다. 대안은 없었다. 부러진 갈비뼈가 폐라도 찌르기 전에, 아직 두 발로 움직일 수 있을 때 조우리에게 가야 했다.

"300만."

"뭐요?"

"내가 100만쯤 더 보게 만들어줄 테니 협조 좀 해줘요."

"조, 좋아요. 그럼 라이브 갑시다!"

탐사대장이 말했다.

"라이브 방송?"

나는 거절할 수 없었다. 경찰이 달려오기 전에 이 자리를 떠야 하니까. 탐사대장은 고개를 끄덕인 뒤 쓸데없이 결연한 표정으로 말을 이었다.

"맞아요. 라이브 스트리밍. 대신에 수익 생겨도 나눠주진 않을……."

"알았으니까 출발해요."

"오, 오케이!"

코란도가 움직이기 시작한 것과 동시에 번개가 하늘을 갈랐다. 곧 천둥이 쳤다. 사방은 숫제 회색빛이었다.

"그날하고 너무 똑같잖아."

나도 모르게 중얼거린 후 시간을 확인했다. 벌써 1시 30분이었다.

"뭐라고 하셨어요?"

나는 탐사대장의 질문을 무시한 채 물었다.

"인천 연안부두까지 한 시간 안에 갈 수 있죠? 자세한 위치는 가면서 말씀드릴게요."

"물론 가능은 한데 날씨가 이래서……."

"알았어요. 최대한 빨리 가주세요."

"어휴. 그 말 오랜만에 듣네. 그럼 방송 시작합니다?"

나는 고개를 끄덕였고 탐사대장은 카메라를 대시보드에 세팅하기 시작했다. 잠시 눈을 감았다. 감으나 뜨나 막막하고 앞이 보이지 않는 건 마찬가지였다.

4시 이후의 일은 그때 가서 생각하자.

나는 다짐했다. 우선은 조우리를 구하는 데 최선을 다하기로. 4시 1분은 아직 생각하지 않기로.

5

"안녕하십니까? 탐사보도TV 구독자, 탐사대님들. 여러분께 진실만을 전하는 여러분의 탐사대장입니다. 오늘 이렇게 갑자기 라방을 하게 된 건 정말로 대박, 초대박 게스트가 함께하기 때문입니다."

탐사대장은 운전을 하면서도 능숙하게 진행했다. 대시보드 위에는 휴대전화를 거치해놓았는데 거기에서 실시간 방송은 물론 시청자 댓글도 볼 수 있었다. '초대박 게스트'인 나는 방송 화면으로만 봐서는 딱 도주 중인 살인 사건 용의자 그 자체였다. 아니나 다를까, 본격적으로 소개를 하기도 전에 나를 알아본 사람들의 채팅이 줄줄이 올라왔다.

— 혹시 우필호?

— 조수석 저 사람 우필호?

— 실화? 진짜 우필호! ㄷㄷㄷ

— 경찰에 체포됐다고 기사 떴는데 어떻게?

폭발적인 반응에 만족한 듯 탐사대장은 들뜬 목소리로 말을 이었다.

"사정을 설명하자면 참 긴데, 어쨌든 지금 여러분은 라이브로 살인 용의자 우필호 씨를 보고 계십니다. 그러니까 지금 이 상황은 일종의 인질극이죠, 인질극. 저는 지금 우필호 씨의 협박에 못 이겨 인천의 모처로 향하고 있습니다. 저도 왜 그곳으로 가는지 이유는 모릅니다. 다만 구독자 여러분은 아시겠지만 제가 지금껏 우필호 씨 사건, 그러니까 이태원 보복 살인 사건에 대해 음모론을 제기했지 않습니까? 게다가 강남에서 정말로 우연히 마주쳤던 일도 기억하실 겁니다. 이런 인연으로 봤을 때 우필호 씨가 절 해치거나 하지는 않을 것 같고 아마 다른 이유가……"

"제가 설명하겠습니다."

나는 탐사대장의 말을 자르고 끼어들었다. 안 그러면 수다가 끝도 없이 이어질 것 같았다. 게다가 카메라를 보고 댓글을 확인하면서 운전하느라 차는 좀처럼 속도를 내지 못했다.

"아! 네. 그럼 우필호 씨도 소개를 해주시죠."

"지금부터는 운전에 신경 쓰세요."

내가 노려보며 말하자 탐사대장은 그제야 전방으로 시선을 향했다. 나는 카메라가 나만 찍도록 아예 돌려버렸다. 곧 휴대전화 속 실시간 방송 화면에도 내 얼굴이 크게 떴다. 채팅은 계속 올라왔다.

— 우필호 면상 살벌하다!

— 살인자 새끼가 뭔 할 말이 있다는 거야?

— 좀 들어봅시다!

— 보복 살인은 인정. 나라도 그럴 것 같으니까. 근데 경찰은
   왜 죽임?

나는 잠시 생각을 정리한 후 카메라를 응시했다. 최승재였던 시절에는 많은 카메라 앞에서도, 그리고 생방송 중에도 떨지 않았다. 지금은 아니었다. 떨렸다. 탐사대장이 기자들 틈에 섞여 촬영한다. 이건 바람이었다. 탐사대장의 볼펜을 슬쩍한 후 리퍼의 뒤를 따라오게 만든 건 계획한 일이었다. 일부러 사고를 내고 도망친다. 이것 역시 계획이었지만 반은 운에 맡기기도 했다. 어쨌든 모든 게 맞아떨어졌고, 나는 순발력을 발휘해 탐사대장도 구워삶았다. 하지만…… 실시간으로 전부 털어놓아야 하는 지금의 상황은 예상치 못했고, 계획에도 없었다. 시청자 수는 어느새 만 명을 넘어가고 있었다. 이미 SNS를 타고 소문이 쫙 퍼졌을 터였다. 이제 나는 얼굴 한 번 본 적 없는 수많은 사람을 설득해야 했다.

"저는 우필호이자 우필호가 아닙니다."

그 말로 시작했다. 탐사대장이 나를 힐끔 돌아봤다. 비는 갈수록 더 퍼부었다. 하늘은 계속 으르렁거렸다. 죽은 사람이 환생해 살인마와 대결을 펼친다는, 말도 안 되는 괴담을 늘어놓기에 딱 좋은 날씨였다.

"저는 공식적으로는 사망한 것으로 처리된 경찰청 소속 범죄분석관 최승재 경위입니다. 믿기 힘들겠지만 저는 번개를 맞아 사망한 직후 우필호의 몸으로 환생했습니다."

"뭐요?"

탐사대장은 대놓고 나를 바라봤다. 코란도가 비스듬히 차선을 물고 달렸다.

"운전!"

내가 소리쳤다. 탐사대장은 놀라서 고개를 돌렸다. 차가 빗물에 미끄러지다가 간신히 균형을 잡았다. 탐사대장은 할 말이 더 있다는 듯 입을 달싹였지만 나는 틈을 주지 않았다.

"압니다. 헛소리로 들린다는 거. 하지만 명백한 사실입니다. 또 하나의 사실을 말씀드리자면, 리퍼 역시 저처럼 환생했다는 겁니다. 리퍼라 불린 연쇄살인마의 본명은 조영재입니다. 그는 지금 서울 강력범죄수사대 팀장인 유상천 경위로 환생했고 또 다른 살인을 계획 중입니다. 저는 그걸 막기 위해 인천으로 가고 있습니다."

내가 막 거기까지 말했을 때였다. 사이렌이 울려 퍼졌다. 사이드미러를 확인했다. 뒤쪽에서 순찰차 석 대가 달려오고 있었다. 우필호가 코란도에 올라탄 걸 수많은 사람이 봤고 제보했을 것이다. 경찰에게 쫓기는 건 당연한 일이었지만 내 예상보다 조금 빨랐다. 우리는 이제 막 영등포를 지났을 뿐이었다. 탐사대장 역시 사이드미러를 봤다. 순간, 홀쭉한 그 얼굴이 딱딱하게 굳었다. 그가 겁을 집어먹은 거라 생각한 나는 서둘러 말했다.

"멈추지 마세요. 이건 협박이 아니고 부탁……."

"와! 나 이런 거 한번 해보고 싶었어!"

탐사대장은 흥분한 듯 소리쳤다.

"네?"

내가 멍하니 되묻자 탐사대장은 입꼬리만 올려 씩 웃었다.

"추격전이요, 자동차 추격전. 와! 이걸 라이브로 중계하고 있다니. 내가 책임지고 따돌릴 테니까 빨리 방송이나 계속하세요. 우리 탐사대님들이 무슨 상황인지 궁금해하잖아요."

탐사대장은 그렇게 말하며 가속페달을 확 밟았다. 코란도가 웅, 하는 소리를 내며 튕기듯 달려 나갔다. 나는 안전벨트를 잘 맸는지 다시 확인한 후 조수석 손잡이까지 꽉 잡았다. 갈비뼈가 더 부러지는 건 사양이었다. 탐사대장이 계속 이야기하라고 신호를 보냈다. 그러면서 핸들을 확 꺾어 차선을 바꿨다. 사이렌은 점점 가까워졌다.

"지금 상황을 말씀드리겠습니다. 현재 저는 경찰의 추격을 받고 있습니다. 이대로 무사히 인천까지 도착해야 조우리 형사의 목숨을 구할 수 있습니다. 그 전까지, 추격을 따돌리거나 아니면 목적을 달성해 이 방송을 종료하기 전까지 최대한 제 이야기를 들려드리겠습니다. 듣고 진실이라 판단하시면 여러 곳에 퍼뜨려주시기 바랍니다."

채팅이 너무 빨리 올라와 일일이 확인하기도 어려웠다. 그럴 정신도 없었다. 탐사대장이 그야말로 미친 듯이 운전을 했기 때문에. 그는 거의 속도를 줄이지 않고 차선을 바꾸는가 하면 도저히 틈이 없는데도 과감하게 끼어들었다. 인상이 확 변해 눈에서는 광기가 번득였다.

"제가 택시를 운전했어요. 사연이 좀 기구해서 지금은 유튜버를 하고 있지만 운전으로는 날 못 이기죠! 특히 서울 시내 도로는 아주 그냥 머릿속에 훤하거든요. 내비가 필요 없어!"

탐사대장은 그 말을 입증이라도 하려는 듯 4차선에서 달리다가 갑자기 오른쪽 골목으로 꺾어 들었다. 도저히 길이 없을 것 같은 그곳을 코란도는 무서운 속도로 질주했다.

"제 말을 믿습니까?"

나는 정말로 궁금해서 물었다. 경찰들은 오해하고 있을 것이다. 내가 탐사대장의 옆구리에 칼이라도 들이대고 있다고.

"무슨 말? 환생했다는 거요? 안 믿지!"

탐사대장은 무슨 그런 당연한 걸 묻느냐는 표정이

었다.

"그럼 왜 이렇게까지 하는 겁니까?"

"조회 수!"

"네?"

"그쪽이 말했잖아요. 조회 수 300만은 넘을 거라고. 내가 사이즈 딱 보니까 500만도 가능해. 그러니까 빨리 무슨 말이든 해요. 편하게 하라고, 편하게!"

나는 확신했다. 내가 파트너를 제대로 골랐다는 걸. 욕망에 불타는 사람은 배신하지 않는다. 목표가 뚜렷한 사람은 포기하지 않는다. 그리고…… 돈독 오른 사람은 배신도 포기도 하지 않는다.

"그럼 여러분께 처음부터 설명해드리겠습니다. 이틀 전이었습니다. 저는 리퍼를 쫓고 있었습니다. 그런데……"

카메라를 보며 다시 이야기를 시작한 순간 코란도가 골목을 빠져나갔다. 그러자 거짓말처럼 경인고속도로 표지판이 나왔다. 무슨 기구한 사연인지는 몰라도 탐사대장은 택시 기사를 계속했어도 충분히 성공했으리라.

나는 그 생각을 하며 본격적으로 이야기를 풀어냈다.

6

코란도는 고속도로를 시원하게 달렸다. 어느새 인천이 코앞이었다. 다행히 경찰은 따돌린 것 같았다. 적어도 연안부두까지는 무사히 도착하고 싶었다. 그것도 4시 전에.

내가 이야기를 이어가는 동안 시청자들 반응은 완전히 갈렸다. 나를 믿는 쪽과 그렇지 않은 쪽으로. 채팅으로 싸우기도 했다.

— 저걸 어떻게 믿어? 웹소설도 아니고 환생은 무슨.

— 아니야. 최승재가 아니면 모르는 내용도 다 알고 있잖아!

— 환생은 너무 나갔다.

— 근데 외국에서 이런 사례 있지 않았나?

— 왜! 여기 진짜 수준 떨어지네. 이걸 믿는다고?

그러거나 말거나 나는 멈추지 않았다. 진실을 말할 때는 머뭇거리면 안 된다. 다만 꼼꼼하고 신중해야 했고, 그랬기에 생각보다 시간이 더 걸렸다. 그럼에도 어느덧 클라이맥스로 향하고 있었다. 나는 정상을 몇 미터 앞둔 등반가가 그러듯 마지막으로 한번 숨을 고른 후 이야기를 이었다.

"그래서 다시 조우리 형사의 집으로 향했는데 그곳에서 목격한 겁니다. 잠복 중이던 형사 둘이 살해당한 걸. 전 그걸 보자마자 달려 올라갔습니다. 그렇게 해서 도착한 조우리 형사 집에서 놈과 마주쳤습니다. 환생한 리퍼, 지금은 유상천 경위인 그자와. 그때는 그 남자가 리퍼라는 사실만 알았을 뿐 정체는 전혀 몰랐습니다. 나중에야 유상천이 경찰이고 우필호의 동생, 우지희 살인 사건의 공범이라는 걸 알게 되었습니다. 그리고……."

"잠깐만요. 그럼 우지희 씨 사건을 덮으려던 쪽이 유

상천이라는 겁니까?"

묵묵히 들으며 운전만 하던 탐사대장이 오랜만에 입을 열어 물었다.

"물론 유상천도 관련이 있겠지만 가장 깊이 개입한 건 이선민이라는 자입니다. 이선민은 돈과 권력을 가진 집안의 아들로 짐작됩니다. 우필호의 독살도, 그리고 두 사건을 흐지부지 무마한 것도 모두 이선민 쪽에서 꾸몄을 겁니다."

"와! 이거 진짜 흥미진진하네요. 여러분. 제가 말했잖아요! 이 사건에 엄청난 음모가 있을 거라고. 근데 결정적인 증거가 있습니까? 보통 이런 시나리오에서는 스모킹 건이 존재하잖아요!"

탐사대장은 들뜬 목소리를 숨기지 못했다. 나는 지금이 마지막 패를 내보여야 할 때임을 알았다.

"존재합니다. 그런데 휴대전화로 이메일을 열어야 들려드릴 수 있어요."

"휴대전화요? 여기 하나 더 있습니다. 저 같은 사람은 보통 두 개씩 사용하죠."

그렇게 말하며 탐사대장이 바지 주머니에서 색깔만 다른 같은 모델 휴대전화를 꺼냈다. 나는 얼른 그걸 받아 들었다. 그러고는 이메일 앱을 실행해 내 계정으로 로그인했다. 우필호가 보낸 이메일을 찾는 일은 그리 어렵지 않았다.

"이태원 클럽 웨이터가 증언한 내용을 지금부터 들려드리겠습니다. 참고로 말씀드리자면, 이 웨이터 역시 이선민 일당의 손에 살해당했습니다."

나는 녹음 파일을 다운로드 받은 뒤 플레이를 눌렀다. 내가 꿈에서 들었던 내용이 고스란히 재생되었다. 그러는 동안 채팅 분위기가 바뀌었다.

— 이야기가 딱딱 맞아떨어지네!

— 실화인 것 같은데?

— 환생은 몰라도 우지희 사건 범인은 확실히 누군지 알겠네!

파일 재생이 끝나자 탐사대장이 다시 물었다.

"그러니까, 이걸 우필호 씨가 최승재 프로파일러에

게 이메일로 보냈다는 거죠?"

"네. 저는 유상천이 발사한 테이저 건에 맞고 정신을 잃은 뒤 꿈을 통해서⋯⋯."

빵!

벼락처럼 날아든 경적에 나는 말을 멈췄다. 오른쪽 옆 차선에서 검은색 스타렉스가 부딪칠 듯 달려왔다.

"어어!"

놀란 탐사대장이 핸들을 꺾었고 코란도는 빗길 위를 미끄러졌다. 중앙분리대가 해일처럼 밀려왔다. 아니다. 코란도가 두려움을 잊은 서퍼처럼 파도를 향해 달려드는 형국이었다. 탐사대장은 필사적으로 핸들을 돌리며 브레이크를 밟았다. 끼익. 귀를 찢는 소리와 함께 몸이 앞으로 쏠렸다. 대시보드 위의 카메라와 휴대전화가 모두 떨어졌다. 코란도의 운전석 쪽 범퍼가 중앙분리대를 긁으며 지나갔다. 굉음이 울려 퍼졌다.

"앞에!"

내가 소리쳤다. 코란도가 간신히 균형을 잡은 사이 스타렉스가 앞으로 끼어들었다.

"꽉 잡아요!"

탐사대장은 그렇게 외친 후 코란도를 몰아 1차선에서 3차선으로 단번에 들어갔다. 속도를 줄이기는커녕 오히려 가속페달을 힘껏 밟으면서. 나는 눈을 질끈 감았다가 떴다. 그 순간만큼은 옆구리 통증도 느끼지 못했다. 심장이 저 혼자 끝없이 올라갔다가 번지를 하듯 떨어져 내렸다. 3차선으로 들어선 코란도는 빗속을 질주했다. 스타렉스가 바로 추격해 왔다.

"저것들은 뭡니까?"

탐사대장이 물었다.

"아까 말했죠. 우필호를 죽이려는 놈들이 있고 그걸 조종하는 게 이선민이라고. 바로 그자들입니다."

내가 말하자마자 탐사대장은 턱짓으로 뒤쪽을 가리켰다.

"찍어요."

"네?"

"이런 장면 놓치면 안 되니까 빨리 그 휴대전화로라도 찍어줘요!"

"아! 네네."

내게는 거절할 권한이 없었다. 카 레이서 뺨치는 운전 실력을 지닌 기사의 차에 무임승차를 했다면 이 정도 요구는 들어줘야 했다. 게다가 여전히 쫓기는 상황이었다. 그렇다는 건 탐사대장과 이 구형 코란도에게 더 신세를 져야 한다는 말이었다. 나는 손에 들고 있던 휴대전화의 카메라 앱을 켜 동영상 모드로 바꿨다.

"라이브 방송 없이 그냥 찍어도 됩니까?"

내가 묻자 탐사대장이 대답했다.

"지금은 손볼 여유 없으니까 라이브는 포기하고 일단 영상만 찍죠. 조금 전까지 송출한 방송 편집해서 올리기만 해도 진짜 300만은 우습게 넘길 테니까."

"알겠습니다."

나는 탐사대장의 말을 듣고 휴대전화를 뒤쪽으로 향했다. 검은색 스타렉스는 바짝 쫓아왔다. 이대로라면 촬영 분량은 확실히 뽑겠지만 추격을 따돌리기는 어려워 보였다. 탐사대장도 상황을 이해한 듯 속도를 더 높이며 외쳤다.

"따돌려볼게요!"

"가능할까요?"

"저놈들이 우리 최종 목적지를 압니까?"

"아니요. 아마 모를 겁니다."

리퍼가 추격자들에게 그것까지 알려주진 않았을 거라 생각했다. 리퍼는 어디까지나 유상천을 계속 연기하는 상황이었다. 아지트의 존재가 드러나면 곤란해지는 건 리퍼였다. 내 목적지를 아는 사람은 오직 리퍼뿐이었다. 놈이라면 알아챘을 것이다. 내가 지하실이라는 말만 듣고도 아지트의 지하 공간을 떠올렸다는 사실을. 리퍼의 또 다른 작업실은 멀지 않은 곳, 바로 발아래 있었다.

"그러면 모험을 해봐야겠네요."

탐사대장이 말했다.

"어떻게요?"

나는 아무래도 뾰족한 수가 떠오르지 않았다.

"조금 더 가면 서인천 IC가 나옵니다. 거기서 결판을 내야죠!"

탐사대장이 내 귀에 속삭였다. 과연 전직 택시 기사다웠다. 탐사대장은 내비게이션 없이도 도로를 훤히 꿰고 있었다. 그 말 그대로 2킬로미터 정도 더 달리자 서인천 방향으로 가는 길이 나왔다. 나는 휴대전화로 스타렉스를 찍는 틈틈이 앞도 확인했다. 탐사대장이 핸들을 돌리자 코란도는 제일 끝 차선으로 붙었다. 도로에 고여 있던 빗물이 쏴아아 소리를 내며 튀었다.

"어떻게 할 생각입니까?"

코란도는 그대로 서인천 IC로 진입했다. 당연히 스타렉스도 따라왔다. 순간 탐사대장이 외쳤다.

"휴대전화 꽉 쥐어요!"

탐사대장은 그 말과 함께 핸들을 홱 돌렸다. 왼편으로. 코란도는 거의 직각으로 꺾어지며 빙글 돌았다. 그러곤 주황색 시선유도봉을 쓰러뜨리며 인천 방향 직진 도로로 진입했다. 그것도 거꾸로. 나는 용케 휴대전화를 떨어뜨리지 않았지만 몸이 구겨지는 건 어쩔 수 없었다. 스타렉스는 멈추지 못하고 서인천 쪽으로 빠졌다. 탐사대장은 브레이크를 밟은 후 표정 하나 변하지 않고 여유롭게 코란도를 돌렸다. 달려오는 차가 한 대라도 있었다면 꼼짝없이 사고로 이어질 뻔한 상황이었다.

"하아."

나는 안도의 한숨을 쉬었다. 얼마나 긴장을 했던지 어깨와 목이 결릴 지경이었다.

"어때요? 잘 찍었어요?"

탐사대장이 물었다.

"네, 똑똑히 찍었습니다."

"좋았어! 대박은 확실해요, 확실해! 조회 수도 조회순데 아까 라이브로 구독자 수 확 늘어났을 거고 지금 찍는 것까지 편집해서 올리면 완전히 떡상 각이에요!"

"어쨌든 도움이 됐다니 좋네요."

나는 조수석에 몸을 파묻으며 말했다. 이것으로 리퍼의 아지트까지는 무사히 도착할 거라 생각하니 긴장이 풀렸다. 잠시 눈을 감았다. 피곤이 몰려왔다. 옆구리 쪽 통증이 자신을 잊지 말라는 듯 깜박깜박 아픔을 전해왔다.

"힘들고 피곤하죠?"

"네, 조금 그러네요."

탐사대장의 물음에 나는 솔직히 대답했다.

"아무리 힘들어도 움직여야 할 때가 있죠. 그게 진실을 위한 일이라면."

탐사대장의 말투와 목소리에서는 진심이 느껴졌다. 그건 힘든 상황을 경험해본 사람만이 낼 수 있는 목소리였다. 나는 물었다.

"진실…… 탐사대장님도 그런 일이 있었습니까?"

탐사대장은 허허, 하고 웃더니 대답했다.

"제 방송 초창기 때부터 보신 분들은 아는 건데요, 저한텐 3년째 식물인간으로 지내는 딸이 있습니다. 제 택시에 태우고 학원 데려다주던 길에 사고가 났습니다. 급발진이었어요. 서행 중이었는데 갑자기 총알처럼 튕겨 나갔어요. 브레이크고 뭐고 아무것도 말을 듣지 않더군요. 결국 인도로 돌진해 점포를 덮쳤어요. 전 몇 군데 부러지고 말았지만 애는 머리를 크게 다쳐서……."

"그럼 그 사건 이후로 택시를 그만두신 겁니까?"

"그렇죠. 급발진이라는 걸 입증하느라 정신이 없었으니까. 하지만 재판까지 가서 결국 졌어요. 내가 운전을 잘못해서 사고를 낸 거라고 결론이 났지. 당장에 애 치료비가 필요한데 돈은 없고 나 같은 피해자가 생기면 안 되겠다 싶어 시작한 게 유튜브였어요. 처음엔 급발진 사고 쪽만 파다가 결국 여러 사건 현장에 다니게 됐어요. 그편이 돈이 되니까."

"그런 사정이 있는 줄은 몰랐습니다."

"사정이야 다 있죠. 세상에 사정 하나 없는 사람이 어디 있습니까? 그래도 우필호 씨, 아니 최승재 경위님 사연은 정말……."

나는 탐사대장을 돌아봤다.

"제 말을 믿어주시는 겁니까?"

탐사대장 역시 나를 돌아봤다. 그러고는 씩 웃으며 입을 열었다. 그 순간이었다. 무언가가 뒤에서부터 맹렬한 기세로 달려오는 소리가 들렸다. 고개를 돌렸다. 범퍼가 움푹 들어간 자동차가 시야 한가득 들어왔다.

"뭐야?"

탐사대장이 외친 것과 동시에 리퍼의 차가 코란도를 들이받았다.

쾅!

소리가 먼저 날아들었고 단 몇 초 차이로 충격이 차를 흔들었다. 아무리 튼튼한 코란도라도 기습에는 버티지 못했다. 볼링 핀처럼 튕겨 나간 코란도는 길가 방음벽을 향해 돌진했다. 탐사대장이 브레이크를 밟았지만 그게 오히려 역효과를 낳았다. 코란도는 붕 떠올랐다. 그 순간이 느리게, 한없이 느리게 지나갔다. 하지만 실제로는 찰나였다. 대비할 시간도, 눈을 감을 시간도 없었다. 방음벽을 직격한 코란도가 뒤집힌 채 떨어졌고 나는 잠시 정신을 잃었다.

7

이번에는 총천연색 꿈이었다.

놀이공원이었다. 너무나도 맑고 환해서 모든 것들이 투명하게 보이는 날이었다. 딱 적당할 만큼 따뜻했고 딱 적당할 만큼 바람이 불었다. 액자에 넣어두고 싶을 정도로 파란 하늘이 끝없이 펼쳐졌다.

지혜는 내가 다트를 던져 경품으로 받은 빨간색 풍선을 들고 있었다. 지나가는 사람들 모두 밝게 웃었다. 나도, 아내도, 지혜도 마찬가지였다. 행복이라는 단어가 실체를 얻어 사람들의 표정으로 나타난 것 같았다. 흥겨운 음악이 흐르고 탈을 쓴 마스코트들이 춤을 추며 돌아다니고 어딘가에서 크고 작은 비눗방울이 날아와 주위를 맴돌았다. 지혜는 그 비눗방울을 향해 손을 내밀었다. 순간, 지혜가 풍선을 놓쳤다. 풍선은 하늘로 둥실 떠올랐다. 금세 바람을 타고 멀리 날아가버릴 것만 같았다.

나는 재빨리 달려가 힘껏 뛰어올랐다. 다행히 풍선 끝에 매달린 실을 잡을 수 있었다. 실을 꼬옥 쥔 채 착지했다. 그러고는 풍선을 들고 뒤를 돌아봤다.

아내와 지혜가 보이지 않았다. 당황했다. 그때였다.

옆에서 지혜가 달려와 내게 와락 안겼다.

"아빠 최고!"

지혜가 웃으며 말했다. 나는 너무나도 작고 여린 그 아이를 안아 올렸다. 달콤한 냄새가 났다. 아내가 다가와 내 어깨를 두드렸다.

"잘했네, 우리 남편."

나는 아무 일도 아니라는 듯 웃어 보였다. 어느 즐거운 공휴일 오후였고 나는 그 순간을, 그때의 모든 풍경을, 아내와 지혜의 표정 하나하나를 기억하고 있었다.

나를 두드려 깨운 건 날카로운 통증이었다. 옆구리 안쪽에서 뭔가 폭발한 것 같았다. 그것만이 아니었다. 귀에서 이명이 들리고 머리가 깨질 듯 아팠다.

눈을 떴다. 아름답던 놀이공원 풍경은 사라지고 거꾸로 뒤집힌 세상이 나를 맞이했다. 완전히 깨진 앞유리로 바닥에 튄 빗물이 들어왔다. 나는 옆을 돌아봤다. 탐사대장이 고개를 꺾은 채 신음을 흘리고 있었다.

"이봐요. 일어나세요."

탐사대장의 어깨를 잡고 흔들었다. 눈을 뜨지 않았
다. 나는 손을 뻗어 안전벨트를 풀었다. 몸 전체가 코
란도의 천장 쪽으로 떨어지며 새로운 통증이 날아들
었다. 매번 더 아플 수 있다는 게 놀라울 지경이었다.
거꾸로 처박힌 상태로 얼마간 숨을 고른 후 조수석 문
을 밀었다. 다행히 금방 열렸다. 열리는 정도가 아니라
거의 절반쯤 떨어져 나갔다. 엉금엉금 기어서 밖으로
나갔다. 차가운 비를 맞자 조금 더 정신이 들었다. 딱
그만큼 더 아프기도 했다. 나는 간신히 벽까지 기어가
거기에 기대앉았다. 코란도는 여기저기 찌그러진 채 갓
길에 뒤집혀 있었다. 죽음을 앞둔 딱정벌레 같았다. 탐
사대장을 꺼내야 한다는 생각은 했지만 몸이 움직이
지 않았다. 숨을 쉴 때마다 보이지 않는 기다란 창이
옆구리를 쑤셔댔다. 지독하게 아팠다.

"젠장."

귀에 익은 목소리가 들린 건 내가 그렇게 중얼거렸
을 때였다.

"목숨이라는 게 참 질겨. 안 그래?"

나는 고개를 들어 올려다봤다. 리퍼가 서 있었다. 놈의 상태도 그다지 좋은 것 같지는 않았다. 그래도 도망자 우필호에 비한다면 양호했다. 어쨌든 두 발로 걸을 수는 있으니까. 그건 리퍼의 차도 마찬가지였다. 보닛이 돼지 코처럼 완전히 찌그러졌지만 죽어가는 딱정벌레에 비하면 나아 보였다.

"원래 이렇게 단순 무식했나?"

내가 물었다.

"쓸데없는 짓을 하는데 그냥 둘 순 없잖아. 그리고 유상천이라면 왠지 이렇게 했을 것 같더라고."

"방송이 효과가 있었나 보군."

리퍼는 걸레짝처럼 널브러진 내 앞에 쪼그리고 앉았다. 놈의 머리에서 흘러내리는 피가 빗물과 뒤섞여 바닥으로 떨어졌다.

"상황이 꼬이긴 했어. 나도 좀 난처해졌고 말이야. 여기저기서 연락이 쏟아지더라고."

"내가 말했지? 혼자 안 죽는다고."

"그래도 너보단 내 상황이 훨씬 나은 것 같은데?"

그 말에는 반박할 수 없었다. 젠장. 속으로 그렇게 중얼거리는 게 다였다. 리퍼는 얼굴을 한번 쓸어내렸다. 그때 번개가 지나갔다. 주위가 밝아지며 놈의 얼굴에 명암이 드리웠다. 그 순간 나는 다시 확인했다. 리퍼가 몸을 차지하기 전의 유상천도 악마와 비슷했으리라는 사실을. 또렷한 이목구비 구석구석에 악의가 깃들어 있었다. 나는 자기에게 꼭 맞는 몸을 찾아 제대로 환생한 악마에게 물었다.

"그래서 네 계획은 뭐지?"

리퍼는 얼굴 가죽을 말아 올리며 대답했다. 그게 웃는 표정이었다.

"널 당장 죽일 거야. 더는 입을 놀리지 못하게."

"리퍼답지 않군."

"환생과 함께 진화했다고 생각해줘."

놈은 그 말을 하며 재킷 안에서 또 다른 군용 나이프를 꺼냈다. 속셈이 보였다. 나를 죽인 후에 다시 코란도에 밀어 넣고 불이라도 지를 생각일 터였다. 나라면 그렇게 할 것이다. 나는 손을 뻗어 놈의 팔을 잡았다. 상상했던 건 팔을 비트는 그림이었지만 그렇게 되지 않았다. 리퍼는 너무나도 쉽게 팔을 빼냈다. 그러고는 칼을 고쳐 쥐었다.

그때였다.

경적이 울린다 싶더니 흰색 승용차 한 대가 옆으로 다가와 멈춰 섰다. 곧 조수석 창문이 열렸다. 부부처럼 보이는 중년 남녀가 각각 운전석과 조수석에 타고 있었다. 중년 남자가 우리 쪽으로 몸을 기울인 채 물었다.

"괜찮으세요? 도와드릴까요?"

리퍼는 칼을 감추며 뒤를 돌아봤다.

"아닙니다. 저희가 해결하겠습니다."

"119에 신고는 하셨어요?"

이번에는 중년 여자가 물었다.

"네네. 제가 경찰이니까 걱정하지 마시고 가세요."

리퍼가 대답했다. 그 순간 여자가 나를 가리키며 놀란 표정을 지었다. 그러고는 목소리를 높였다.

"여보. 저 사람이야, 저 사람. 내가 방금 기사 봤다고 말했잖아. 유튜브, 유튜브! 살인 용의자인데 자기가 환생했다고 유튜브에서……."

남편이 운전석 문을 열고 내렸다. 그는 안경을 고쳐 쓰며 우리를 향해 다가왔다.

"괜찮은 거 맞아요? 두 분 다 많이 다친 것 같은데 일단 저희 차에 타서 비라도 피하시죠."

"안돼요! 살인 용의자인데 어딜 태워요!"

아내가 말하자 남편이 퉁을 줬다.

"그래도 돕긴 해야지!"

순간 리퍼의 표정이 변했다. 얼굴 근육 전체가 악의로 꿈틀거렸다.

"차로 들어가세요!"

내가 외쳤지만 남편은 오히려 한 걸음 더 다가왔다. 그때 리퍼가 벌떡 일어났다. 놈은 뒤를 돌아 성큼성큼 걸어갔다. 그러고는 남편의 어깨에 손을 얹으며 동시에 칼을 뺐었다. 칼이 남편의 배를 파고드는 게 똑똑히 보였다. 순식간에 벌어진 일이었다. 남편은 비틀거리다가 풀썩 주저앉았다.

"여보!"

부인은 상황을 파악 못 하고 차에서 내리려 했다.

"안 돼요!"

그렇게 소리쳤지만 소용없었다. 리퍼가 빨랐다. 놈은
순식간에 달려가 부인을 향해 칼을 휘둘렀다. 그 순간
이었다.

"으아!"

어느새 차에서 빠져나온 탐사대장이 괴성을 지르며
리퍼에게 달려들었다. 탐사대장은 돌팔매질을 하듯 팔
을 크게 휘저었다. 새까만 뭔가가 반원을 그리며 날아
가서는 리퍼의 머리를 정통으로 때렸다. 카메라였다.

"윽!"

리퍼가 신음을 내지르며 쓰러졌다. 나는 사력을 다
해 일어나 남편 쪽으로 달려갔다. 중년 남자는 숨이
붙어 있었다. 복부의 상처에서 피가 계속 새어 나왔다.
그 상처를 손으로 막고 탐사대장에게 외쳤다.

"여기 좀 도와주세요!"

탐사대장은 절뚝거리며 다가왔다. 오른손으로는 여
전히 카메라 끈 쥐고 있었다. 악마를 쓰러뜨린 대가

로 렌즈가 완전히 박살 나버린 카메라는 끈에 매달려 덜렁거렸다.

"괜찮아요?"

그렇게 묻는 탐사대장 역시 안 괜찮아 보였다. 나는 고개를 저으며 말했다.

"이분 지혈 좀 해주세요."

나는 탐사대장에게 남편을 맡긴 뒤 쓰러진 리퍼에게로 향했다. 부인이 차에서 나와 리퍼와 나를 번갈아 보다가 남편에게로 달려갔다. 휴대전화를 꺼내는 것으로 봐서 신고를 하려는 모양이었다. 누군가가 이미 신고를 했을지도 모른다고 말하려다가 그만뒀다. 그럴 힘도, 여유도 없었다. 한 걸음씩 옮길 때마다 통증은 신기록을 경신했다. 남은 힘과 인내심을 총동원해 리퍼 옆에 무릎을 꿇고 앉았다. 놈은 뇌진탕이 온 듯 풀린 눈을 하고서 버르적거렸다. 나는 리퍼의 허리춤을 뒤져 수갑과 권총을 빼냈다. 그러곤 오른손에 수갑을 채운 뒤 질질 끌고 놈의 차로 향했다.

"뭐 하는 거예요?"

뒤에서 탐사대장이 물었다.

"아직 안 끝났습니다."

나는 리퍼를 차 뒤에다가 쑤셔 넣으며 말했다. 그러고는 수갑의 한쪽 끝을 뒷좌석 손잡이에 채웠다. 됐다. 이걸로 일단 악마를 봉인했다.

"이 몸으로 움직이면 안 돼요."

탐사대장이 다가와 말했다. 나도 그쯤은 알고 있었다. 문제는 이 몸으로도 꼭 움직여야 할 더 중요한 일이 존재한다는 데 있었다. 조우리를 구해야 했다. 지금이라면 늦지 않게 도착할 수 있을 것이다.

"사고 뒤처리 좀 부탁합니다. 무슨 말인지 알죠?"

나는 탐사대장에게 말했다.

"알아요, 알겠는데……."

탐사대장은 넝마가 된 나와 고철이 된 리퍼의 차를 한 번씩 보다가 한숨을 푹 쉬었다. 둘 다 못 미더워 보이기는 마찬가지리라.

"고마웠습니다."

나는 운전석에 타며 말했다. 옆구리가 너무 아파 마

지막 음절은 거의 헛바람처럼 나왔다.

"이후 계획은 있습니까?"

탐사대장이 물었다. 나는 이후라는 게 어느 시점을 말하는 건지 되물으려다가 말았다. 대신에 한마디만 했다.

"푹 잘 겁니다."

시동 버튼을 눌렀다. 리퍼, 그러니까 유상천의 차는 고급 세단이었다. 그래서 그런지 예상외로 부드럽게 시동이 걸렸다. 다만 가속페달을 밟자 차체가 덜덜 떨렸다. 이대로라면 목적지에 도착하기 전에 차가 멈추거나 폭발할지도 모른다. 그런 생각을 하면서도 도로로 진입했다. 도박을 해볼 생각이었다. 정말로 운명의 끈 같은 게 있어서 나와 리퍼, 그리고 우필호와 유상천을 옭아매고 있다면 여기서 허무하게 끝나지는 않을 것이다. 운명의 신은 아마 팔짱을 낀 채 감상하고 싶어 하는 게 아닐까? 이 지긋지긋한 대결의 끝을.

나는 인천 연안부두를 향해 달렸다.

엔딩을 찍게 될 장소는 그곳이 틀림없을 테니까.

결
판

1

리퍼는 웃고 있었다. 일그러진 미소가 룸미러 가득 들어왔다. 석류처럼 벌어진 놈의 입안에는 피가 고여 있었다. 그 핏물 속에서 빨갛고 두툼한 혀가 꿈틀거리며 뻗어 나와 입술을 핥았다.

"깼나?"

내가 물었다.

"몇 시간 만에 위치가 바뀌었네."

놈은 당황한 것 같지도 않았다. 여행이라도 가는 건가 싶을 정도로 태연한 말투였다. 덕분에 나는 잊지 않을 수 있었다. 내가 악마와 상대한다는 사실을.

"위치만 바뀐 게 아니지. 상황도 바뀌었잖아."

내 지적에 리퍼는 고개를 끄덕였다. 그러면서 얼굴을 찡그리는 것으로 봐서는 머리가 많이 아픈 듯했다. 놈의 오른쪽 이마는 심하게 부어 있었다. 얼핏 뿔 같아 보이기도 했다. 리퍼와 상당히 어울리는 상처였다.

"혹시 환생 후 그런 후유증 없나? 감정이나 행동이 통제가 잘 안 되는 후유증."

리퍼가 물었다. 진심으로 궁금해하는 것 같았다. 그래서 나도 솔직히 대답해줬다.

"내 경우에는 반응 속도가 약간씩 늦어."

"맞아! 그것도 있어. 이놈의 몸뚱이에 적응하는 데 시간이 걸리는 모양이야, 아무래도."

"그렇겠지. 남의 몸을 빌려 쓰는 거니까."

우리는 잠시 그렇게 세상에서 둘밖에 모르는 고충을 나누었다. 부쩍 가까워진 느낌이었다. 죽이기 직전에 잠깐 명복을 빌어줄 수도 있을 만큼.

"이제 어떻게 할 거지?"

마치 다음 코스는 어디냐고 묻는 것 같았다.

"널 죽일 거야."

나는 놈에게 들었던 말을 똑같이 해줬다. 그러고는 덧붙였다.

"조우리를 구한 다음에."

"왜지? 넌 왜 누군가를 구하지 못해 안달인 거야?"

리퍼는 전에 없이 친근한 말투로 물으며 나를 바라봤다. 룸미러 안에서 놈의 시선과 내 시선이 얽혔다.

"인간은 원래 그런 존재야."

나는 룸미러에서 눈을 떼며 말했다. 놈의 눈동자 속에는 아무것도 들어 있지 않았다. 채도와 명도가 삭제된 어둠뿐이었다. 그 끝도 없이 깊은 어둠을 계속 바라보면 끝내 헤어나지 못하고 빠져 죽을 것만 같았다. 아니면 나 역시 검게 물들거나.

"그런 건 누가 정했을까? 그러니까, 인간은 서로를 도와야 한다느니 위급한 상황에서는 구해줘야 한다느니 하는 규칙들 말이야."

"보통은 규칙이 아니라 도덕심 내지는 선한 본성이라 표현하지."

내 말에 리퍼는 큰 소리로 웃음을 터뜨렸다. 아예 어깨까지 들썩이며 박장대소했다.

"하하하!"

"뭐가 우습지?"

"너무 진지하게 말하는 꼴이 우스워서. 그냥 농담 좀 해본 거니까 그렇게 정색할 필요 없어. 너희들이 생각하는 전형적인 사이코패스 연기 한번 한 거라니까! 크크."

놈은 좀처럼 웃음을 멈추지 못했다. 나는 핸들을 쥔 손에 힘을 줬다. 목적지가 코앞이었다. 여기서 흔들리면 일을 그르친다. 최대한 평정심을 유지해야 무사히 악마를 처형할 수 있다.

"내가 한 가지 말해줄까? 조영재였던 시절의 나는 말이야, 매달 꼬박꼬박 기부하던 사람이었어. 저 멀리 아프리카의 어린애들을 두 명이나 도와줬지. 서툰 글씨로 쓴 편지를 받기도 했다고. 난 그 편지를 냉장고에 붙여뒀어. 진심으로 감동했거든. 어때? 이래도 내가 인간의 본성을 모르는 것 같나? 그 잘난 프로파일링 능력을

발휘하거나 아니면 또 통계를 들먹여도 좋아. 뭐든 좋
으니 나는 어떤 존재인지 네가 한번 설명해봐. 크크."

그럴 리 없다는 걸 아는데도 놈의 웃음이 바로 귓
가에서 들리는 것 같았다. 비는 더 쏟아졌지만 주위는
기이할 정도로 조용했다. 조금 전까지 덜덜거리며 아
픔을 호소하던 차도 지금은 침묵을 지키고 있었다. 세
상에 리퍼와 나 둘만 남은 것 같았다. 악마는 다시 떠
들어댔다, 마음껏.

"넌 말했지. 연쇄살인마 중 70퍼센트가 신의 지시를
받았다 주장한다고. 그렇다면 이렇게 생각해보면 어떨
까? 신이 정말로 그들에게 명령을 내린 거라고. 신이
그들을 특별히 믿고 사랑하사 세상의 가라지를 모두
베도록 한 걸지도 모르잖아, 안 그래? 너는 아니라고
말하겠지만 그런 확신이야말로 인간의 오만함이지. 너
는…… 아니, 대다수의 사람은 몰라. 인간의 진짜 본성
이 무엇인지. 본성이라는 건 최악의 순간에 비로소 드
러나는 법이거든. 나는 수많은 인간에게 최악을 선사
해줬지. 그래서 잘 알아. 인간은 한없이 이기적이라는

걸. 고통 앞에서는 끝도 없이 추악해진다는 걸."

"닥쳐!"

나는 참지 못하고 소리쳤다. 서늘했다. 놈이 숨을 쉴 때마다 냉기가 쏟아져 나오는 것 같았다. 그리고 그 냉기는 내 통증을 더욱 자극했다. 입술을 깨물었다. 그렇게라도 하지 않으면 꼴사납게 신음을 흘릴지도 모를 일이었다.

"내가 진짜 재미있는 이야기 해줄까?"

내가 진짜 재미있는 이야기 해줄까? 내가 진짜 재미있는 이야기 해줄까? 내가 진짜 재미있는 이야기 해줄까? 내가 진짜 재미있는 이야기 해줄까? 내가 진짜 재미있는 이야기 해줄까?

놈의 목소리가 메아리처럼 울렸다. 나는 귀를 틀어막고 싶은 충동과 싸웠다. 온몸이 떨렸다. 거대하고 사악한 그림자가 뒷좌석에서부터 운전석까지 짙게 드리웠다. 실수했음을 깨달았다. 리퍼를 얕봤다. 오전에 마포경찰서에서 마주쳤던 놈은 완전한 상태가 아니었다. 유상천의 일부가 조금 섞여 있었다. 빌어먹을 휘파람

솜씨 같은 것들. 지금은 리퍼 그 자체였다. 악마가 깨어났다. 그리고…… 놈도 그 사실을 알고 있었다.

"엄마와 딸이 있었지. 둘은 염산이 떨어지는 샤워부스에 갇힌 상태였어. 처음엔 한두 방울씩만 떨어졌지. 그러다가 점점, 점점, 점점 많이 떨어지는 거야. 그러면 어떻게 할 것 같나, 응? 고통에 몸부림치던 모녀는 서로를 끌어안은 채 애틋하게 죽음을 맞이했을까? 아니야. 엄마는 딸을 머리 위로 들어서 염산 줄기를 피해보려 했어. 자신의 고통을 줄이기 위해, 자기 죽음을 조금이라도 늦춰보려고 딸을 우산처럼……."

"아니야!"

차를 세웠다. 도로 한복판이었다. 온몸에 힘을 주고 버텼지만 소용없었다. 고개가 돌아갔다. 점점, 점점, 점점 뒤를 향해. 리퍼와 눈이 마주쳤다. 어둡고 텅 빈 눈동자가 나를 응시했다. 나는 그 안으로 끌려 들어갔다. 점점, 점점, 점점.

"나는 알아."

놈이 속삭였다.

"아니야."

나는 힘없이 중얼거렸다. 울음이 터질 것 같았다.

"내가 안다는 걸 너도 알아."

"아니야……."

"내 말이 맞아."

"아니……."

"나는 인간을 뛰어넘었으니까!"

악마가 소리쳤다. 넘실거리는 악의 기운이 나를 덮쳤다. 그 순간이었다. 놈에게 굴복할 것만 같던 바로 그 찰나에 나는 무언가를 알아챘다. 악마, 아니 리퍼, 아니 유상천의 목이 벌겋게 달아올라 있었다. 정신이 번쩍 들었다. 어둠이 걷혔다. 눈앞이 밝아졌다. 그러자 뒷좌석에 앉은 존재가 인간으로 보였다. 땀조차 흘리지 못하는 한낱 병든 인간. 나는 그 인간을 향해 참았던 숨을 토해내듯 외쳤다.

"넌 아무것도 아니야!"

리퍼는 충격을 받은 듯 멍한 표정을 지었다.

"아니야."

놈이 중얼거렸다.

"아니야."

다시 한번.

나는 이번에야말로 대꾸하지 않고 고개를 돌렸다. 뻥 뚫린 길이 보였다. 그 길을 향해 가속페달을 밟았다. 악마는 말이 없었다. 그저 온몸을 긁어댈 뿐이었다.

2

리퍼의 차는 목적지를 100미터쯤 앞두고 결국 멈춰 섰다. 저절로 시동이 꺼져 다시 걸리지 않았다. 기막힌 우연, 아니 운명이었다. 나는 시간을 확인했다. 3시 30분이었다. 아슬아슬했다. 조우리가 어떤 상황에 놓여 있는지 모르니 남은 시간도 알 수 없었다.

"수갑 풀어줄 테니까 내려. 허튼짓할 생각 말고."

나는 리퍼에게 권총을 겨눈 채 말했다. 역시 리볼버였고 역시 비가 쏟아졌으며 역시 번개와 천둥이 번갈아가며 하늘을 갈랐다. 우리가 함께 죽은 그 뜨거웠던 밤을 떠올리지 못한다면 그게 이상할 노릇이었다. 놈도 같은 생각을 한 듯 어깨를 으쓱했다. 그러고는 입을 열었다.

"피차 번개 조심하자고."

운전석에서 내려 리퍼의 수갑을 풀어줬다. 놈은 비바람이 몰아치는 밖으로 나오니 살 것 같다는 표정을 지었다.

"앞장서."

총구로 리퍼의 등을 찔렀다. 놈은 순순히 걸음을 옮겼다. 창고가 점점 가까워졌다. 바람이 불 때마다 양철 지붕이 파르르 떠는 게 보였다. 놈은 자신의 아지트로 다가갈수록 기운을 되찾는 것 같았다. 반대로 나는 움직이기가 점점 힘들어졌다. 다리가 말을 듣지 않았다. 몸이 무거웠다. 이를 악물고 한 발씩 걸었다. 리퍼에게 들킬 수는 없었다.

우리는 문을 열고 창고 안으로 들어갔다. 리퍼는 망설임 없이 허공을 향해 외쳤다.

"라이트!"

전기가 들어오는 것과 동시에 조명이 켜졌다. 에어컨 역시 돌아가기 시작했다. 리퍼는 아지트를 둘러보며 서늘한 공기를 들이마셨다.

"어서 지하실로 안내해."

내가 말하자 놈이 피식 웃었다.

"목소리가 떨리는 걸 보니 몸이 많이 안 좋은 것 같은데."

"방아쇠를 당길 힘은 있어."

"알았어. 참고하지."

"지하실."

나는 그렇게 말하며 놈의 등을 한 번 더 찔렀다. 리퍼는 그제야 다시 움직였다.

"난 실은 여기보다 지하를 더 좋아해. 지하실 때문에 이 창고를 샀다고 해도 틀린 말은 아니지."

리퍼는 그 말과 함께 의외의 방향으로 걸어갔다. 에어컨 쪽이었다. 창고 뒤에 놓인 에어컨. 나는 말없이 따라갔다. 에어컨 앞에 다다른 놈은 미소와 함께 나를 돌아봤다.

"무슨 수작이야?"

내가 물었다.

"이게 붙박이처럼 보여도 실은 이동식이거든. 아주 간단한 심리 트릭이라고 할까?"

성실한 판매원처럼 에어컨을 가리키는 리퍼를 향해 나는 방아쇠를 당겼다.

철컥.

놈의 큼지막한 몸이 움찔하며 굳었다.

"넌 잘 모르겠지만 이 총에는 다섯 발의 총알이 들어가지. 첫 번째 약실은 항상 비워둬. 그리고 두 번째는……."

나는 다시 총을 쏘았다. 리퍼에게 정확히 겨눈 채.

탕!

이번에는 더 큰 소리가 났고 놈은 펄쩍 뛰어오르며 소리쳤다.

"뭐 하는 거야?"

"이건 공포탄이야. 대한민국 경찰들은 이 리볼버의

세 번째 약실부터 실탄을 넣어두지. 이렇게."

탕!

조금 전과는 비교할 수도 없는 큰 소리와 함께 실탄이 발사됐다. 총알은 리퍼의 왼쪽 귀를 스치고 지나갔다. 정확히 내가 노린 그대로.

"악!"

놈은 비명을 지르며 귀를 감쌌다. 스쳤지만 효과는 확실했다. 피가 쏟아졌다. 그만큼 아프기도 할 것이다. 나는 리퍼에게 말했다.

"시간 끌지 마."

분노와 고통에 못 이겨 소리를 지르면서도 리퍼는 에어컨을 밀었다. 그러자 거짓말처럼 엘리베이터가 모습을 드러냈다. 화물용 엘리베이터였다. 놈이 어떤 식으로 지상과 지하를 오갔는지 알 것 같았다.

"타."

리퍼는 충직한 개처럼 내 말에 따랐다. 놈이 버튼을 누르자 엘리베이터가 올라왔다. 문이 덜컹 소리를 내며 열렸다. 우리는 차례로 엘리베이터에 탔다. 문이

닫힌 뒤에 엘리베이터는 자동으로 내려갔다. 그 짧은 시간이 한없이 길게 느껴졌다. 휴대전화가 없으니 몇 시인지 확인할 수도 없었다. 탐사대장의 휴대전화는 뒤집힌 코란도 안 어딘가에 뒹굴고 있을 것이다. 나는 대략 10분 정도 흘렀을 거라 짐작했다. 아직 4시 전인 건 확실한데 조우리가 무사한지, 다치지는 않았는지 그게 걱정이었다.

"개새끼야! 이거 빨리 안 풀어?"

다행히 내 걱정은 기우였다. 엘리베이터가 지하에 도착하고 다시 덜컹하는 소리와 함께 문이 열리자마자 조우리의 욕이 날아들었다. 어느 쪽에서 들리는지 알 수는 없었지만 속이 뻥 뚫렸다.

"어디 있어?"

내 물음에 리퍼는 지하실 구석을 가리켰다. 나머지 손은 여전히 귀를 감싸고 있었다. 그 사이로 검붉은 피가 새어 나오는 걸 보자 안심이 되었다. 놈도 피를 흘린다. 놈도 괴로워한다. 놈도 결국에는…… 죽는다. 그 단순한 사실이 묵직한 권총의 무게와 함께 묘한 안도감을 주었다. 비록 실탄은 두 발밖에 남지 않았지만 그 정도면 충분하리라.

지하는 꽤 넓었다. 조도 낮은 조명이 희미하게 어둠을 밝히고 있었다. 리퍼의 손가락이 향한 곳은 특히 더 어두웠지만 직사각형의 구조물이 보이기는 했다. 바로 거기서 조우리의 목소리가 들려왔다.

"너 이거 풀고 나랑 일대일로 붙자! 내가 너 뼈랑 살이랑 분리해서……."

"조우리!"

내가 부르자 순간 조우리가 입을 닫았다. 나는 리퍼를 밀면서 서둘러 다가갔다. 그때였다. 조우리 목소리가 다시 들렸다.

"선배?"

"그래! 지금 내가 구해줄 테니까……."

"안 돼! 오지 마!"

조우리의 외침이 채 끝나기도 전에 어둠 속에서 누군가가 튀어나왔다. 나는 일찌감치 멈춰 섰다. 금속 야구 방망이가 허공을 갈랐다. 그걸 휘두른 이는 당황한 표정을 지었다. 그자의 무릎을 향해 나는 총을 발사했다.

3

"으악!"

이선민의 비명이 지하실에 울려 퍼졌다. 나는 옆을
돌아봤다. 리퍼는 사라지고 없었다. 순간의 틈을 타 어
둠 속에 숨은 것 같았다.

"젠장!"

나는 쓰러져 뒹구는 이선민에게 다가갔다. 너무나
멀끔해 인공적이기까지 하던 그 얼굴에 고통의 모습
이 떠올라 있는 건 꽤 볼만했다. 놈의 등장은 의외였
다. 물론, 조금 전 엘리베이터가 지하에서 올라오는 걸
보고 이상을 눈치채긴 했다. 그랬기에 불시의 공격에
대비할 수 있었지만 그 상대가 이선민일 줄은 몰랐다.
하지만 생각해보면 이선민 역시 이 최후의 파티에 더
없이 어울리는 인물이었다. 사악함의 순으로 티켓을

준다면 당연히 리퍼 다음으로 받을 자격이 있었다.

"선배!"

이선민에게 권총을 겨눈 그대로 조우리를 향해 고개만 돌렸다. 조우리는 관처럼 생긴 장치에 팔다리를 벌린 채 매달려 있었다. 장치의 재질은 금속이었는데 안쪽 가장자리를 빙 둘러서 노즐처럼 보이는 것들이 튀어나와 있었다. 그 직사각형 틀 위에 달린 디지털시계가 보였다. 그 시계가 정확하다면 지금은 3시 40분이었다.

"괜찮아?"

조우리를 향해 물었다. 그 말을 하느라 입을 열었을 뿐인데 끔찍한 통증이 온몸을 휘감았다. 약삭빠른 포식자처럼 도사리고 있던 통증이 이때다 싶어 달려들었다. 숨쉬기가 힘들었다. 입안에서 쌉싸름한 피맛이 느껴졌다. 아무래도 부러진 갈비뼈가 아주 좋지 않은 곳에 박힌 것 같았다.

"선배야말로 괜찮아요?"

조우리가 그렇게 되물었을 때였다. 어둠 속 어딘가

에서 리퍼 목소리가 들렸다. 땅속 깊은 곳, 마치 저 아래 지옥에서 울리는 소리 같았다.

"서로 걱정해주는 모습은 감동적이지만 어차피 그 여자는 못 살릴 테니까 쓸데없는 감정 소모는 하지 마."

나는 소리가 들린 방향으로 총을 겨눈 채 기계장치 쪽으로 다가갔다. 일단 조우리를 구하는 게 먼저였다.

"저, 저는 살려주세요! 너무 아파요. 살려만 주면 뭐든 해드릴게요."

쓰러진 이선민이 괴로움에 가득 찬 목소리로 외쳤다. 놈의 입을 닥치게 만들고 싶었지만 남은 총알은 하나였다. 리퍼와 몸싸움을 벌여서 이길 자신은 없었다. 적어도 지금의 나는 이기지 못하리라. 그렇다면 총알을 아껴둬야 했다.

순간 기침이 터져 나왔다. 나는 상체를 숙인 채 격렬하게 기침을 쏟아냈다. 정신이 아득해질 정도로 아팠다. 기침 한 번에 통증 하나가 펄떡펄떡 살아 움직였다. 입에서 피가 주르륵 흘러내렸다.

"이런, 조우리보다 네가 먼저 가겠는걸?"

웃음기 섞인 리퍼의 목소리가 날아들었다.

"선배, 일단 저 좀 풀어주세요! 그래야 선배를 도울 수 있을 것 같아요."

조우리가 말했다. 나도 그러고 싶었다. 하지만…… 리퍼의 기계장치를 함부로 건드릴 수가 없었다. 조우리는 족쇄처럼 보이는 금속 물체에 팔다리가 포박당한 상태였다. 손으로 풀어내기란 불가능해 보였다. 직사각형 틀의 겉면에는 버튼이 딱 두 개 달려 있었다. 빨간색과 파란색 버튼. 리퍼라면 둘 중 하나를 제대로 눌러야 포박이 풀리게 만들었을 것이다. 어느 색 버튼이 정답인지 지금으로서는 알 길이 없었다.

머리를 굴려야 했다. 운에 맡길 수는 없었다. 빨간색인지 파란색인지 확실히 알아내야 한다. 그러자면 지금 필요한 건…….

"제발…… 제발 살려주세요. 아, 아버지가 정치인이십니다. 그러니까 분명 도움이 될 겁니다. 제발……."

나는 버림받은 이선민의 말은 무시한 채 조우리에게 물었다.

"이 안에서 도면 같은 거 못 봤어?"

"도면이요? 모, 못 봤어요. 정신을 차렸을 땐 이미 묶여 있어서."

나는 주위를 둘러봤다. 적어도 내 눈길이 닿는 곳에는 도면이나 노트가 보이지 않았다. 리퍼가 자신의 설계도며 계획서를 가지고 다니지는 않을 것이다. 그렇다면 이곳 어딘가에 보관할 테고 지금은 그걸 찾아야 했다. 그때였다.

"저…… 그, 그거 제가 봤습니다."

이선민이 말했다.

"어디서?"

"아까 여기 내려와서 둘러보다가 저기 엘리베이터 쪽 책상에 놓인 걸 봤어요. 저, 저는 유상천이 진짜 리퍼일 줄은 몰랐어요. 그냥 주소 찍어주면서 여기 한번 와보라고, 그러면 재미있는 걸 볼 수 있을 거라 해서 온 것뿐인데……."

"됐어. 가서 도면 뭉치 가져와. 빨리!"

나는 이선민에게 총을 겨누며 외쳤다. 리퍼는 조용

했다. 그게 불안해 조우리 옆을 떠날 수 없었다. 또 하나, 조금이라도 움직였다가는 바로 쓰러질 것 같았다. 지금은 서 있는 게 고작이었다. 상태는 최악을 넘어 최후에 이르렀다. 한쪽 무릎이 완전히 박살 난 놈에게 부탁해야 할 정도로.

"알겠습니다! 제가 가져올 테니 제발 살려주세요."

이선민은 끙끙거리며 일어나서는 다리를 질질 끌고 엘리베이터 쪽으로 향했다. 벌써 3시 50분이었다.

"리퍼가 경찰로 환생했을 줄은 몰랐어요. 그것도 강수대 팀장일 줄은……."

조우리가 말했다.

"미안하다. 나 때문에 네가 말려들었어."

"아니에요, 선배. 여기서 풀려나기만 하면 제가 리퍼 그 새끼 꼭 작살을 낼게요."

그러려면 5분 안에 탈출해야 했다. 시간은 휙휙 흘러갔다. 3시 55분이 막 되었을 때 저 멀리서 이선민의 목소리가 들렸다.

"찾았어요. 지금 갑니다."

늦을 것 같았다. 절뚝거리며 다가오는 데에만 몇 분은 소모할 것이고……

"거기서 확인해봐! 이 장치처럼 생긴 도면 찾아서 무슨 색 버튼 눌러야 하는지 그것만 확인해!"

나는 이선민을 향해 외쳤다. 그러고는 조우리를 돌아봤다. 조우리는 어색하게 웃고 있었다. 마치 우리가 처음 만났던 날처럼. 얘 별명이 조저씨예요, 조저씨. 얘가 완전히 늙다리 스타일이라 적응하시는 데 얘 좀 먹을 겁니다. 강남경찰서 팀장이 했던 말이 떠올랐다. 그때 조우리는 경례 대신 손을 내밀고 악수를 청했다. 그 점부터 마음에 들었다. 조우리는 나를 굴러들어 온 성가신 상사가 아니라 동료로 대해주었다. 그 기막힌 해장국집을 알려준 것도 조우리였다. 물론 난 해장국을 썩 좋아하진 않지만.

"어…… 찾은 것 같습니다. 그러니까 파란색, 파란색 버튼을 눌러야 해요!"

이선민이 그렇게 소리쳤다. 3시 57분이었다.

"파란색?"

"네!"

"선배, 빨리요, 빨리!"

나는 버튼을 향해 손을 뻗었다. 3시 58분이었다.

"여기 파란색이라고 되어 있어요."

이선민이 다시 한번 외쳤다. 그렇다면 확실했다. 나는 망설이지 않고 버튼을 눌렀다. 온 힘을 다해서⋯⋯ ⋯⋯빨간색 버튼을.

4

지잉 하는 소리와 함께 조우리의 팔다리를 잡고 있던 족쇄가 풀렸다.

3시 59분.

"어서!"

나는 손을 내밀었다. 조우리가 그 손을 잡고 기계장치에서 튕기듯 나왔다. 동시에 내 몸에서 힘이 빠져나갔다. 심상치 않았다. 버티고 서 있기도 힘들었다. 숨을 쉴 수가 없었다. 아무리 입을 크게 벌리고 산소를 마시려 해봐도 쌕쌕 바람 빠지는 소리만 났다. 울컥, 입에서 다시 피가 쏟아졌다.

"선배."

조우리가 쓰러지려는 나를 부축했다. 다음 순간 가스 냄새가 난다 싶더니 기계장치 속 노즐에서 화염이 뿜어져 나왔다. 불꽃은 이글이글 타오르며 관을 가득 채웠다. 뜨거운 열기가 덮쳐왔다.

나는 조우리와 함께 바닥에 엎드렸다. 잠시 후 조우리가 먼저 일어나 나를 열기가 미치지 못하는 곳까지 끌고 갔다.

"아! 아깝네. 흐흐흐."

숨을 몰아쉬던 우리는 이선민이 내뱉는 소리를 똑똑히 들었다. 고개를 돌렸다. 놈이 절뚝거리며 엘리베이터 쪽으로 향하고 있었다. 리퍼에게 비할 바는 못 되지만 이선민 역시 악인이었다. 리퍼의 심연에서 질식할 뻔했던 나로서는 이선민의 속을 들여다보는 게 어렵지 않았다. 그랬기에 파란색이 아닌 빨간색 버튼을 누를 수 있었다.

"저 새끼가!"

조우리가 바닥에 뒹구는 야구방망이를 들고 이선민을 향해 달렸다. 엘리베이터 문이 열렸다. 이선민이 타는 게 보였다. 순간, 조우리는 몸을 날렸고 아슬아슬한 타이밍에 문 사이로 야구방망이를 찔러 넣었다.

"어어!"

당황한 듯 얼빠진 소리만 내는 이선민의 멱살을 잡고 조우리가 엘리베이터 밖으로 나왔다.

"넌 죽었어."

"아, 아니. 그게 아니라……."

"아니긴 뭐가 아니야?"

조우리는 자기를 죽이려던 놈에게 자비를 베풀지 않고 그대로 야구방망이를 휘둘렀다. 총알이 뚫고 간 무릎을 다시 맞은 이선민은 비명을 지르며 쓰러졌다.

"으악!"

"야! 너 내가 그래도 한쪽 다리는 쓸 수 있게 배려해 준 거야. 알아?"

그렇게 외친 조우리는 마구 뒹구는 이선민의 목덜미를 잡고 질질 끌고 왔다. 그때였다. 조우리의 뒤쪽 어둠 속에서 리퍼가 소리도 없이 튀어나왔다. 놈은 손도끼를 들고 있었다. 이상한 일이었다. 분명 어두컴컴한데도 리퍼의 얼굴이 또렷하게 보였다. 이목구비는 유상천이었지만 나는 그 속에서 조영재를 찾아낼 수 있었다. 둘의 얼굴이 겹쳐져 이렇게도 바뀌었다가 저렇게도 바뀌었다. 시와 시의 경계에서 라디오 주파수가 겹치는 것처럼 그렇게. 그럼에도 놈의 거대한 덩치는 변하지 않았다.

"조우리, 비켜!"

나는 상체만 일으킨 상태로 총을 겨눴다. 조우리가 몸을 숙였다. 리퍼는 손도끼를 치켜들었다. 그 세 가지 일이 동시에 일어났다. 악마의 심장이 눈에 들어왔다. 나는 그곳을 향해 마지막 총알을 발사했다.

탕!

리퍼가 뒤로 나가떨어졌다. 나는 놈이 꼼짝하지 않는다는 걸 확인한 뒤 벌렁 누워버렸다. 조우리가 내게로 달려왔다.

"선배!"

기계장치 속 불길은 여전히 광포하게 춤추고 있었다. 조우리가 나를 내려다보며 앉았다. 역광이었고, 그래서인지 조우리의 얼굴은 전혀 다른 사람처럼 보였다. 나는 눈을 감았다가 떴다. 우지희였다. 우필호가 그토록 사랑하고 아꼈던 동생. 그는 믿음직했던 오빠를 보며 미소 짓고 있었다. 손을 뻗었다. 우지희가 내 손을 가만히 잡아줬다. 그러고는 말했다.

"수고했어요. 이제 다 끝났어요."

"다…… 끝났다고?"

나는 멍하니 물었다. 우지희가 고개를 끄덕였다. 그렇구나, 다 끝났구나. 이제 쉴 수 있겠구나. 안도감이 밀려왔다. 그러고 보니 통증도 한결 덜했다. 나는 웃었다. 환생한 이후, 아니 그보다 아주 오래전부터도 진심으로 웃어본 적이 없었다. 이제는 웃을 수 있었다. 희미한 미소를 띤 그대로 눈을 감았다.

리퍼의 목소리가 들린 건 바로 그때였다.

"그렇게 혼자 가버리면 안 되지."

눈을 떴다. 그제야 현실로 돌아왔다. 나는 힘겹게 상체를 일으켰다. 우지희는 없었다. 대신에 조우리가 리퍼에게 잡혀 있었다. 리퍼는 번득이는 손도끼 날을 조우리의 목에 들이대고서 그야말로 활짝 웃었다. 제법 능숙하게 웃는다고 생각하며 나는 물었다.

"분명히 명중했는데?"

"방탄조끼라는 게 참 좋네. 그래도 꽤 아프긴 했어. 크크."

놈의 재킷 왼쪽 가슴에는 총구가 뚫려 있었다. 나는 그걸 보며 확신했다. 리퍼를 살린 건 방탄조끼일지 모르지만 설령 그게 없었다 하더라도 놈은 죽지 않았을 거라고. 악마를 총으로 죽일 수 있다고 생각한 내가 어리석었다. 리퍼는 살인이라는 자신의 사명을 다하기 위해 죽음까지 이겨냈다. 그 집착이야말로 놈이 지닌 악마성의 절정이었다.

그렇다면……

……나는 왜 되살아난 걸까?

"선배, 난 상관없으니까 이 새끼 대가리를 날려버려요."

조우리가 말했다.

"총알이 없어."

내 목소리는 영락없는 패배자의 그것이었다. 악마의 아가리가 천천히 벌어졌다. 승리를 자축하는 웃음이 거기서 새어 나왔다.

"크크."

그때 깨달았다. 놈이 또 한 번 능숙하게 웃음을 터뜨린 순간, 내가 우필호의 몸으로 환생한 이유를…… 나는 깨달았다.

"그럼 이제 정리를 해볼까? 넌 가만히 지켜보기만 해. 이 여자의 목이 잘리는 걸. 어차피 손가락 하나 움직일 힘도 없잖아. 그렇지?"

리퍼가 그렇게 말한 순간이었다. 조우리가 비장한 표정으로 내게 눈빛을 보냈다. 그러고는 리퍼의 발을 힘껏 밟았다.

"윽."

방심했던 리퍼는 조우리를 붙잡고 있던 손을 놓았

다. 조우리는 몸을 굴려서 빠져나오려 했다. 하지만 리퍼가 빨랐다. 손도끼가 조우리의 어깨를 스치고 지나갔다. 그 찰나의 장면이 내게는 슬로우모션처럼 보였다. 나는 벌떡 일어났다. 이미 내 육체의 힘은 다했지만 보이지 않는 손이 나를 밀어주는 것 같았다. 내가 환생한 이유는 명확했다. 리퍼를 처단하는 동시에 우필호와 그 여동생의 한도 풀어주는 것. 그리고…… 악마가 이 세상을 활보하지 못하게 막는 것.

그게 내 사명이었다.

설령 내가 지옥에 떨어지는 한이 있더라도 이루어야 하는 사명.

"비켜!"

나는 조우리를 옆으로 밀면서 리퍼를 향해, 유상천을 향해 몸을 날렸다. 그러고는 놈에게 매달리면서 그대로 밀어붙였다. 리퍼는 당황하며 밀려났다. 우리 뒤로는 지옥의 불길이 이글거리고 있었다.

"놔!"

놈이 소리 질렀다. 나는 리퍼를 꼭 끌어안은 채 관

을 향해 돌진했다. 그 순간 우리는 단짝이었고, 운명의 상대였으며, 죽음도 함께 나눴고 또 나눌 사이였다. 열기가 먼저 날아들었다. 뜨거운 그 기운이 어서 오라는 듯 우리를 감쌌다.

"이번에도 같이 가는 거야."

내가 말했다.

"안 돼!"

리퍼의 목소리가 뒤집어졌다. 바로 그 순간 나는 온 힘을 다해 관으로, 리퍼가 직접 만든 그 정교한 기계 장치 속으로, 지옥의 불구덩이 안으로 뛰어들었다. 곧 뜨거운 불길이 우리를 덮쳐왔다. 성난 화염은 리퍼와 나의 몸 구석구석을 태우기 시작했다.

"너에게 꼭 맞는 결말이군."

내가 웃으며 말했다. 리퍼는 이글거리는 눈으로 나를 노려봤다. 그러곤 외쳤다. 목에 핏대를 세우며, 광기에 찬 음성으로, 외치고 또 외쳤다.

"난 다시 살아나서 이 짓을 반복할 거다! 반드시 되살아나 죽이고 또 죽일 거다! 내 사명을 완수할 때까지!"

"그럼 나도 또 살아나서 널 막을 거야."

그 말이 마지막이었다.

"으아악!"

나는 고통과 분노에 찬 리퍼의 비명을 들으며 눈을 감았다. 온몸이 불탔지만 이상할 정도로 편안했다. 아프지 않았다. 이제 나와 리퍼의 대결은 끝났다. 이 싸움은 누가 이기는가보다 누가 지지 않는가가 더 중요했다. 적어도 나는 대결에서 지지 않았다. 물러서지도 않았고, 겁을 먹지도 않았다. 그것이 자랑스러웠다.

마지막 순간, 나는 속으로 중얼거렸다. 아내와 지혜를 향해. 세상에서 가장 사랑했으나 끝내 지켜주지 못한 두 사람을 향해…….

곧 만나자.

눈앞으로 하얀 섬광이 닥쳐왔다. 아득히 정신이 멀어졌다. 그리고 곧 완벽한 암흑이 찾아왔다. 나는 비로소 평온함을 느끼며 길고 긴 잠에 빠져들었다. 오랜만에 단잠을 잘 것 같았다. 그러다 눈을 뜨면…….

소설가가 되려면 어떤 자질이 있어야 하느냐는 질문을 가끔 받는데 나는 그럴 때마다 같은 대답을 한다.

"영감이 왔을 때 그걸 냅다 낚아챌 수 있는 예민함을 지녀야 하죠."

초보 낚시꾼들은 찌가 아무리 흔들려도 그걸 알아채지 못한다. 반면 프로는 찌의 움직임이나 낚싯대에 전해지는 진동만으로도 물속 저 깊은 곳에서 얼마나 큰 놈이 미끼를 문 것인지 금세 눈치챈다. 내가 2008년 데뷔 후 지금껏 갈고닦은 것은 바로 그 감각이었다.

《듀얼》의 아이디어가 내 머릿속을 휙 스치고 지나간

날을 똑똑히 기억한다. 그야말로 '휙'이었다. 환생을 해서도 대결을 이어가는 경찰과 살인마의 이야기는 어떨까? 그런 생각이, 마감의 압박을 견디다 못해 유튜브로 도망친 내게 아주 잠깐 찾아왔는데 나는 그 찰나에 이놈이 제법 씨알 굵은 물건이 되리라 직감했다.

그날 이후 이 최초의 아이디어는 머릿속을 떠나지 않았고 나는 점차 그걸 끌어 올리기 시작했다. 그러면서 깨닫게 된 건 제법 씨알이 굵은 정도가 아니라 아주 월척이라는 사실이었다. 미친 듯이 흔들리는 찌가, 팽팽하게 당겨지는 낚싯줄이 그걸 증명해주고 있었다. 나는 《노인과 바다》 속 노인의 심정으로 이 거대한 이야기와 사투를 벌였고 끝내 승리했다.

《듀얼》은 그렇게 탄생했다.

이 작품을 쓰면서 여러 범죄 다큐멘터리의 도움을 받았다. 내가 알고 싶었던 건 프로파일러의 수사 기법보다 살인마의 내면이었다. 그 심연을 들여다보아야 비로소 마음에 드는 캐릭터를 그려낼 수 있을 것 같다. 나는 이 작업들을 통해 어떤 악인들은 거의 자연

재해처럼 '임한다'는 걸 알게 되었다. 작품 속 살인마 '리퍼' 역시 그런 캐릭터가 되길 바라면서 소설을 썼다.

내가 한량처럼 매일 낚싯대를 드리운 채 월척을 낚을 수 있도록 지지해주는 많은 분께 감사함을 전한다. 특히 독자야말로 내가 소설을 쓰는 이유이며 내 창작의 처음과 끝이다. 나는 여러분이 적어도 내 소설을 읽을 때만은 짜릿한 재미에 빠져 세상 근심을 잊을 수 있기를 바란다. 그런 마음으로 오늘도 낚싯대를 던져본다.

《듀얼》의 출간까지 많은 도움을 준 출판사와 편집자들에게도 특별한 감사를 전하고 싶다. 나는 절대 서평을 찾아보지 않으므로 편집자가 보여준 반응을 통해 작품의 재미 여부를 판단하곤 한다. 후한 칭찬을 해주었기에 끝까지 쓸 수 있었다. 칭찬은 늘 고래는 물론 그 고래를 낚는 어부도 춤추게 한다.

2023년 여름
전건우

전건우 작가를 좋아하고 또 존경한다. 자연인 전건우는 무척 부드럽고 다정하고 예의 바르다. 반면 스토리텔러 전건우는 자신이 만드는 이야기, 그리고 그 이야기 속 캐릭터들과 똑같다. 곧 폭발할 듯한 에너지를 품고, 가차 없이 돌진한다. 한눈팔거나 엉뚱한 곁가지에 시간 낭비하는 법이 없다. 장편소설 《듀얼》도 그런 '전건우표 스릴러'다. 다짜고짜 시작해서 마지막 페이지까지 숨 돌릴 겨를이 없고, 독자의 기대를 몇 번이나 좋은 방향으로 무너뜨린다. "내가 진짜 재미있는 이야기 해줄까?"라는 말이 이보다 더 무섭게 나오는 소설을 나는 알지 못한다. 전건우 작가는 그 말을 자신의 슬로건으로 삼아도 될 것 같다는 생각을 했다.

—**장강명**(작가)

천재 프로파일러가 연쇄살인마와 함께 죽음을 맞는 다.《듀얼》은 파괴적인 죽음으로 포문을 연다. 숙적 두 사람은 동시에 죽고 또한 환생한다. 시간을 되돌릴 수 없을뿐더러 사건을 해결하기에 더 어려운 상황이 전개 되는 과정에서 숨 막히는 서스펜스가 이어진다. 되살 아난 살인마가 과연 누구인지를 밝혀내는 미스터리와 그렇게 밝혀낸 숙적과의 최후 결전. 참담한 살인 사건 이 연달아 벌어지는 가운데 "아무도 믿지 마"라는 한 마디가 예언처럼 실행되는 과정이 긴장을 더한다. 영 상을 보는 듯 빠른 속도감도 매력적이다.

—**이다혜**(작가·기자)

듀얼
전건우 장편소설

초판 1쇄 2023년 8월 18일

지은이 | 전건우

발행인 | 문태진
본부장 | 서금선
책임편집 | 장서원 래빗홀 | 최지인

기획편집팀 | 한성수 임은선 임선아 허문선 이준환 이보람 송현경 이은지 유진영 원지연
마케팅팀 | 김동준 이재성 박병국 문무현 김윤희 김은지 이지현 조용환
디자인팀 | 김현철 손성규   저작권팀 | 정선주
경영지원팀 | 노강희 윤현성 정현준 조샘 조희연 김기현 이하늘
강연팀 | 장진항 조은빛 강유정 신유리 김수연

펴낸곳 | ㈜인플루엔셜
출판신고 | 2012년 5월 18일 제300-2012-1043호
주소 | (06619) 서울특별시 서초구 서초대로 398 BnK디지털타워 11층
전화 | 02)720-1034(기획편집) 02)720-1024(마케팅) 02)720-1042(강연섭외)
팩스 | 02)720-1043   전자우편 | books@influential.co.kr
홈페이지 | www.influential.co.kr

ⓒ전건우, 2023

ISBN 979-11-6834-122-7   (03810)